KB168540

**검정
치마
마트료
시카**

검정
치마
마트료
시카

지음 김미승

다른

차례

오호츠크해

사할린
(가라후토)

러시아

바니노

시네고르스크
(가와카미)

홀름스크
(마오카)

유즈노사할린스크
(도요하라)

코르사코프
(오도마리)

카레이스키

八

"아이참, 이게 뭐람? 얼룩빼기가 따로 없네."

쑤라는 거울을 들여다보며 투덜거렸다. 오늘은 특별한 날이라 일찍 일어나 목욕까지 했는데, 별로 달라 보이는 게 없었다. 거울 탓이다. 오래되어 흐려진 면이 군데군데 벗겨지기까지 했다. 얼굴이 버짐 핀 것처럼 엉망으로 보였다.

"이젠 정말 바꿔야겠어."

쑤라는 눈에 힘을 주며 중얼거렸다.

거울은 쑤라의 보물 1호다. 5년 전, 벌목장 막사 생활을 접고 이곳으로 올 때 이별 선물로 받았다. 아버지를 따르던 중국인 노무자가 쑤라에게 준 것이다. 막사에서 살 땐 손바닥만 한 조각 거울에 의지했던 터라 얼굴이 다 보이는 것만으로도 좋았다.

요즘 쑤라는 이웃 사람들의 덕담에 기분이 한껏 부풀어 있었다.

"쑤라가 한창 물이 오르는구나. 나날이 예뻐지네."

그런데 흐릿한 거울 속에 비친 쑤라는 칙칙하고 밋밋한 동양인 얼굴이다.

"칫, 거울 하나 새로 사는 게 무슨 호사라고……."

쑤라는 무심코 투덜거리다 깜짝 놀라 두리번거렸다. 다행히 아버지는 밖에 있나 보았다. 아버지가 들었으면 또 한 소리 했을 것이다.

"녀석아, 거울에 비친 게 다가 아녀. 진짜 너를 봐, 얼마나 예쁜지."

만날 듣는 뻔한 소리지만 쑤라는 그 말이 싫지 않았다.

'진짜는 무슨? 그냥 탁 봐서 예뻐야지.'

쑤라는 입을 삐죽이며 좀 덜 흐린 면을 골라 얼굴을 요리조리 살폈다. 이마에 난 뾰루지 몇 개가 눈에 거슬렸지만 그런대로 괜찮아 보였다. 긴 머리도 곱게 빗어 뒤로 땋아 내렸다. 엄마가 없어 어려서부터 혼자서 하다 보니 뒤통수를 보지 않고도 땋는 데 선수가 되었다. 흘러내린 잔머리를 가지런히 볼 옆에 붙인 뒤 등을 꼿꼿이 세우고 매무새를 살폈다. 가슴 언저리에서 살짝 들린 단추가 쑤라의 마음처럼 부풀어 있었다. 쑤라는 마지막으로 한 번 더 거울에 얼굴을 비춰 보며 송곳니가 보이도록 씩 웃었다가, 입을 가리고 조신하게 호호호 웃어 보았다. 오늘은 두 표정이 다 필요할 것 같았다. 쑤라는 미소를 지으며 방을 나섰다.

아버지가 문밖에서 한 남자를 배웅하고 막 돌아서던 참이었다. 남자는 저만치 걸어가고 있었다. 또 누군가 아버지에게 하소연을 하러 찾아왔나 보았다. 가끔 있는 일이라 쑤라는 신경 쓰지 않았다.

"벌써 학교에 가려고?"

아버지가 옷을 차려입은 쑤라를 보고 물었다.

"오늘 졸업식이잖아요. 상 받을 거니까 빨리 가서 앞자리에 앉으려고요."

"아, 오늘이구나. 그런데 어쩌지? 중요한 일이 있어서 졸업식에 못 갈 것 같은데."

"치, 그럴 줄 알았어요. 아버진 나보다 일이 먼저니까."

기대하지도 않았지만 쑤라는 일부러 토라진 척했다.

"그럴 리가 있나? 이 아비한텐 우리 딸이 최고지. 오늘만 봐다오."

"만날 똑같은 소리. 미안하면…… 선물로 대신해도 돼요."

쑤라는 얼른 아버지의 표정을 살폈다.

"선물이야 당연히 준비했지."

"와, 정말요? 어떤 선물이에요?"

"미리 말하면 재미없지. 이따 퇴근하고 보자."

"네. 근데 나 꼭 갖고 싶은 게 있는데……."

"그래? 그게 뭔데?"

"거울이요."

"거울?"

아버지는 뜻밖이라는 듯 쑤라를 쳐다보았다. 아버지의 표정으로 보아 준비했다는 선물이 거울이 아닌 것은 분명했다.

"거울이 오래돼서 이 예쁜 딸 얼굴이 엉망으로 보인단 말예요."

쑤라는 부러 아버지 턱 밑에 얼굴을 바짝 들이밀며 코맹맹이 소리를 했다.

"어이쿠, 알았다 알았어. 내 딸이 우등으로 졸업하는데 그깟 거울 하나쯤 못 사 줄까. 걱정 마라, 사 줄 테니까."

"진짜죠? 약속 꼭 지켜야 해요!"

"하하하, 그래 녀석아. 누가 들으면 이 애비가 자린고비인 줄 알겠네."

'웬일이야, 아버지가?'

별 기대하지 않고 해 본 말인데 흔쾌히 수락하는 아버지가 쑤라는 믿기지가 않았다. 게다가 졸업 선물까지 미리 준비했다니.

아버지는 사는 데 크게 불편하지 않으면 욕심 부릴 줄 모르는 사람이다. 욕심은커녕 필요한 물건조차 최소한으로 가지려 했다. 그래서 우랄 벌목장에서도 불편함을 모르고 살았을 것이다. 거친 생활에 지친 아내가 병이 들어 죽을 때까지도. 아버지는 통역관이다. 지금은 철도국 통역관이지만 이전에는 우랄 벌목장에서 통역을 했다.

"그럼 이따 저녁에 봐요!"

쑤라는 뜻밖에 거머쥔 행운이 행여 날아갈까 싶어 냉큼 학교
로 내달렸다. 태어나서 아버지에게 처음으로 받게 될 선물은 과
연 무엇일까. 뛰어가다 돌아보니 아버지도 어딘가를 향해 부지런
히 걸음을 옮기고 있었다. 아버지 어깨에 매달린 가죽 가방이 출
렁출렁 함께 따라갔다.

'무슨 급한 일이라도 있나?'

쑤라는 고개를 갸우뚱하고는 다시 학교를 향했다.

수년 동안 다니던 길가의 풍경이 오늘은 달라 보였다. 상점 유
리문에 비친 옆모습을 보며 턱을 치켜세우고 등을 곧게 폈다. 자
신감 넘쳐 보이는 자신의 모습이 마음에 들었다. 쑤라는 훌쩍 뛰
어올라 가로수 가지에 탁, 하고 손바닥을 부딪쳤다. 어깻죽지 아
래서 날개라도 돋아 날아오를 것 같았다.

행운을 부르는 마트료시카

방긋방긋 웃으며 서 있네

동글동글 귀여운 예쁜 인형들

오늘 밤 꿈속에서 만나요.

쑤라는 자기도 모르게 어릴 적에 부르던 동요를 흥얼거렸다. 큰
건물들 사이 골목길도 오늘은 답답하게 느껴지지 않았다. 쑤라
는 먹이를 찾느라 구구구 두리번거리는 비둘기처럼 여기저기 기

웃거리며 해찰을 부렸다.

학교에 도착해 보니 벌써 아이들이 많이 와 있었다. 오는 길에 딴짓을 하느라 시간이 좀 늦어진 듯했다. 수상자들이 앞자리에 앉기로 되어 있어 쑤라는 앞쪽으로 갔다. 그런데 앞쪽에 빈자리가 없었다. '알렉산드라 세묘노비치 김'이라고 적힌 이름표가 붙어 있을 텐데 보이지 않았다. 가까운 사람들은 긴 이름 대신 '쑤라'라고 불렀다. 다른 수상자들은 제 이름이 적힌 자리에 앉아 있었다. 쑤라는 아이들의 따가운 시선을 받으며 자리에 붙은 이름을 다시 한번 꼼꼼히 확인했다. 그래도 쑤라의 이름은 없었다.

'이상하네. 담임 선생님이 수상자는 앞자리에 앉으라고 했는데. 더구나 난 1등인데.'

뭔가 잘못된 게 분명했다. 쑤라는 담임을 찾아 두리번거렸지만, 담임의 모습은 보이지 않았다.

"야, 카레이! 비켜, 냄새난다고!"

말썽쟁이 러시아 남학생이 소리쳤다. 늘 못된 짓만 골라 하는 악동으로, 쑤라도 몇 번 부딪친 적이 있었다. 쑤라는 눈살을 꼿꼿이 세웠다가 이내 풀었다. 상을 탈 우등생이 싸울 수는 없었다. 무시한 채 돌아서려는데 또 다른 소리가 귀를 후벼 팠다.

"크크, 쟨 아직 제가 상 탈 줄 알고 있나 봐."

말썽쟁이 무리 가운데 한 녀석이었다.

"우리 학교가 어떤 학곤데 카레이 나부랭이한테 상을 줘."

"그러게. 우리 학교에 다니게 해 준 것만도 감사해야지."

여기저기서 가시 돋친 말들이 쏟아졌다. 쑤라는 도대체 무슨 일인지 어리둥절했다. 쑤라는 무리 앞으로 다가갔다.

"너 지금 뭐라 그랬어?"

쑤라는 가까이 있는 녀석에게 눈을 부라렸다.

"보면 모르겠냐? 여기 어디에 네 자리 있어?"

쑤라는 그곳을 빠져나와 담임을 찾아다녔다. 한참 만에 교장실에서 나오던 담임과 마주쳤다.

"선생님!"

담임은 표정이 굳어 있었다. 쑤라가 찾아온 용무를 말하려 하자 담임은 이미 알고 있다는 듯 쑤라의 어깨를 힘주어 잡았다.

"놀랐지? 나도 오늘 아침에야 알았단다. 휴, 어제 오후에 급하게 학부모운영위원회가 소집되었다는구나. 최고 우등상을 이방인에게 준 적이 없다면서 반대를 심하게 했대. 교장 선생님도 같은 생각이시고."

담임은 어린 제자 앞에서 면목이 없다는 듯 고개를 돌리고 한숨을 내쉬었다.

"이방인이라뇨? 전 러시아에서 태어났어요. 그리고 당당히 1등을 했고요. 그런데 뭐가 문제죠?"

"……카레이스키라고."

담임의 말에 쑤라는 지그시 입술을 깨물었다. 역시 그거였다.

늘 따라붙는 그림자. 아버지는 조선 태생이지만 지금은 러시아에 귀화해 러시아 이름을 가졌다. 그래도 본질은 변하지 않는 건가. 예전부터 카레이스키('고려인'을 이르는 말로, 러시아에 살고 있는 우리 겨레를 뜻한다)라는 말에는 왠지 억울함과 불안이 함께 느껴졌다. 쑤라는 눈물이 핑 돌았다. 그러나 눈물을 보여서는 안 된다. '기죽지 마라. 항상 당당해야 해.' 아버지의 말이 문득 떠올랐기 때문이다.

"선생님, 교장 선생님을 뵙고 싶어요."

"소용없을 거야. 내가 말씀드렸지만……."

쑤라는 교장실 문을 열고 들어갔다. 쑤라를 본 교장이 미간을 찌푸렸다. 높다란 코 위에 걸친 안경 너머로 눈빛이 날카롭게 빛났다. 목소리 톤이 높아 늘 아이들의 흉내 내기 놀림감이 되던 여자가 물었다.

"무슨 일이죠?"

막상 교장 얼굴을 보자 쑤라는 얼른 입이 떨어지지 않았다.

"학생, 내가 지금 바쁘니까 할 말이 있으면 빨리 하고."

교장이 문을 가리켰다. 용무가 없으면 나가 달라는 뜻이었다.

"드릴 말씀이 있습니다."

쑤라는 떨지 않으려고 주먹을 꼭 쥐었다.

"그래, 무슨 말이죠?"

교장이 손끝으로 안경을 올리며 턱을 치켜들었다.

“제가 우등상을 탈 수 없다는 게 사실입니까?”

“흠, 제대로 들었군요.”

“제가 카레이스키라서요? 전 러시아에서 태어났어요.”

“러시아에서 태어났다고 다 러시아 사람은 아니지요.”

“제 아버지는 조선인이지만 러시아로 귀화해서 러시아 국적을 가졌어요.”

“국적이 바뀌었다고 네 검은 머리가 금발이 될 수는 없잖아?”

“부당합니다. 전 열심히 공부해서 1등을 했고, 우등상은 제 것입니다!”

쑤라는 교장의 말에 기죽지 않고 또박또박 분명하게 말했다.

“흠, 담임 선생님이 학생에게 충분히 이해를 시키지 못했나 보군요.”

교장은 쑤라 뒤에 서 있는 담임을 못마땅한 눈빛으로 쏘아보았다.

“교장 선생님, 이 아이 말대로…….”

“이것 보세요! 그렇게 말을 했는데도 이해를 못 하니, 학생을 어떻게 이해시키겠어요?”

교장은 책상을 탕탕 치며 담임에게 언성을 높였다. 쑤라는 더 이상 무슨 말을 한대도 교장의 생각을 바꿀 수 없다는 것을 깨달았다.

“교장 선생님, 그런 우등상 따위 필요 없습니다. 그깟 종이 한

장이 뭐가 중요하다고요. 정당하게 겨루지 않고 쩨쩨하게 핑계를 대는, 러시아인의 편견이 담긴 그런 우등상 따위 제가 거부하겠습니다."

"뭐, 뭐라고!"

눈을 치뜨며 자리를 박차고 일어서는 교장에게 쑤라는 꾸벅 인사를 하고 돌아서서 나왔다. 울지 않으려고 입을 앙다물었지만 눈물이 흘러내렸다. 억울했지만 아무렇지 않은 척했다. 자존심이 상했기 때문이다. 뒤따라 나온 담임이 말없이 쑤라의 등을 토닥여 주었다. 쑤라는 담임에게 인사를 하고 졸업식장 반대편으로 걸음을 뗐다. 하고 싶은 말을 했으니 후련할 줄 알았는데 가슴은 더 답답하기만 했다.

'저녁에 아버지한테 상장을 보여 주며 자랑하려고 했는데……. 그래도 기죽지 않고 잘했죠?'

쑤라는 학교를 등지고 터벅터벅 걸었다. 집으로 가고 싶지 않았다. 오늘 졸업식이라고 하도 요란을 떨어서 이웃들도 다 알고 있을 텐데, 벌써 가면 이상하게 보일 게 분명하다. 어디로 갈까 생각하다 쑤라는 자신의 발걸음이 아버지가 있는 철도국 쪽으로 향하고 있다는 걸 알고 피식, 웃음이 나왔다.

'어휴, 쑤라야. 이제 넌 어린애가 아냐. 설마 아버지 품에 안겨 징징 짜면서 교장 선생님과 싸워 달라는 건 아니지? 무슨 소리야? 난 그냥 아버지랑 새 거울 사려고 가는 거야. 이왕이면 내 맘

에 드는 걸로 골라야 하잖아. 그래서 가는 거라고. 그래서⋯⋯.'

쑤라는 혼자서 묻고 답하며 변명을 늘어놓았다. 이렇게 억울하고 서러울 때 생각나는 사람은 단연 아버지다. 이 세상에 피붙이라고는 아버지뿐이니까. 그런데 아버지한테도 벌써 가면 안 될 것 같았다. 어차피 아시게 되겠지만, 좋지도 않은 소식을 미리 알려 기분 상하게 하고 싶지 않았다.

'졸업식이 끝날 시간에 맞춰서 가자.'

쑤라는 철로를 따라 넓게 펼쳐진 자작나무 숲으로 발걸음을 돌렸다. 오솔길을 가운데 두고 양쪽으로 자작나무가 빽빽하게 들어차 있었다. 바람에 나부끼는 푸른 잎들이 마치 쑤라를 반기는 듯했다. 쑤라는 자작나무가 좋았다. 우랄 벌목장에서 본 거대한 나무들보다는 작았지만 하얀 나무껍질이 귀티 나 보이기 때문이다. 거대한 겉모습에서 주는 힘보다 어떤 근성에서 나오는 힘이 더 고귀해 보이는 것처럼.

분한 마음이 진정되지 않았는지 가슴이 아직 벌렁거렸다. 쑤라는 자작나무를 끌어안고 숨을 깊이 들이마셨다. 폐부 깊숙이 자작나무 향이 느껴졌다. 맑고 은은한 나무 향이 참 좋았다. 이렇게 계속 들이마시다 보면 분한 마음도 가라앉을 것 같았다. 그러고 나면 아무렇지 않게 아버지에게 말할 수 있을까. 그깟 우등상 블라디보스토크 여학교에 가서 타면 되죠 뭐, 라고.

기분은 생각처럼 쉽게 나아지지 않았다. 오히려 보는 사람이 없다는 안도감 때문인지 자꾸 삐질삐질 눈물이 나려고 했다.

"치, 러시아는 나무도 살갗이 하얘."

쑤라는 괜히 자작나무 껍질을 손톱으로 벗기며 투덜거렸다. 하얀 자작나무 껍질 위에 놓인 자신의 손등이 유난히 노랗게 보였다.

'여긴 눈도 많이 오니까 세상도 하얗고, 나무도 하얗고, 사람들 피부도 하얗고······.'

쑤라는 괜히 억지를 부리고 싶어졌다. 자신의 피부가 러시아 아이들처럼 하얗지 않은 건 자기 탓이 아니라고. 부모님이 조선 사람이니까 어쩔 수 없이 칙칙한 피부색을 가지게 된 것이라고.

'아버지의 나라 조선에도 눈이 올까? 그곳에도 자작나무가 있을까?'

쑤라는 문득 아버지의 나라 조선이 궁금해졌다.

쑤라는 우랄에서 태어났다. 아버지가 러시아 우랄 지역의 벌목 장에서 통역을 할 때였다. 몸이 약했던 엄마는 쑤라를 낳고 얼마 지나지 않아 산후 부종으로 세상을 떠났다. 쑤라는 벌목장 노무 자 아저씨들 사이에서 자랐다. 쑤라가 기억하는 어린 시절 첫 장 면은 아저씨들과 커다란 나무들이다. 커다란 나무들이 여기저기 서 쿵, 쿵, 쓰러지는 소리가 들려오는 숲속이었다. 아버지와 함께 일하는 아저씨들은 수십 명이었다. 그중 한 무리는 나무를 베어 넘어뜨리고, 또 한 무리는 베어 놓은 나무들을 아래로 굴려 내리는 일을 했다. 쑤라의 기억에 아저씨들은 눈이 쌓인 추운 날씨에도 늘 땀에 젖어 있었다. 그들은 낮에는 괴물처럼 큰 나무들을 쿵쿵 쓰러뜨렸지만, 밤이 되고 숙소에 모이면 인자한 아저씨가 되어 쑤라와 놀아 주곤 했다. 그중 한 아저씨가 쑤라를 곧잘 놀리곤 했는데, 털보라고 불리는 사내였다. 그는 쑤라 아버지를 통역관님이 아니라 형님이라고 불렀다.

"우랄의 딸 쑤라! 우리 쑤라가 언제 이렇게 컸지? 마룻바닥을 기어 다니며 젖 달라고 울던 때가 엊그제 같은데 말이야. 쑤라야! 너 이 아저씨 젖 먹고 자란 거 알아, 몰라?"

몸집이 곰같이 크고 수염이 덥수룩한 사내가 자기 가슴을 손바닥으로 두드려 대며 말하면, 쑤라는 눈이 왕방울만 해지며 울음보가 터지곤 했다.

"으악, 아냐. 절대 아니야!"

쑤라는 기겁했지만 아저씨들은 고개를 끄덕이며 야릇한 웃음을 흘렸다.

"허허, 저러니 옛말에 머리 검은 짐승은 거두지 말랬지."

털보 아저씨는 능청스러운 표정을 지으며 옆에 있는 동료들에게 은근히 동의를 구했다.

"자네 젖만 먹었나. 내 젖도 먹었지."

"못 믿겠으면 아버지한테 물어보렴."

아저씨들 말에 쑤라는 울상이 되어 구경꾼처럼 앉아 있는 아버지를 쳐다보았다. 제발 아니라고 말해 주길 간절히 바라며.

"암, 그 덕에 우리 쑤라가 이렇게 쑥쑥 잘 자랐지. 하하하."

"난 몰라. 우웩, 나 아저씨 젖 안 먹었단 말이야!"

기어이 쑤라가 울음을 터뜨리면 아저씨들이 안아 달래 주곤 했다. 쑤라는 곰 같은 벌목장 노무자들의 사랑을 독차지하며 자랐다.

벌목장에는 조선인, 일본인, 중국인, 러시아인이 섞여 일했다. 쑤라 아버지는 중국어, 러시아어, 일본어에 능통했기 때문에 통역관으로 일하면서 노무자를 모집하고 관리하는 일까지 했다. 아버지는 헐값에 노동력을 착취하려는 벌목장 관리자와 노무자 사이에 분쟁이 나면 늘 노무자 편에 섰다. 노무자들은 그런 아버지를 존경하며 따랐다.

열 살 무렵이었다. 쑤라는 아버지에게 불만을 쏟아냈다. 막사 생활이 싫다고, 제대로 된 집에서 혼자만의 방을 갖고 싶다고. 아버지는 딸이 부쩍 컸다는 걸 느꼈는지 때마침 철도국에서 통역관을 구한다는 말을 듣고 바로 지원했다. 아버지는 철도국에 발령되면서 함께 집을 받았다. 쑤라는 우랄에서 하바롭스크로 이사를 와서 처음으로 아버지와 둘이서만 살게 되었다.

아버지는 하바롭스크로 오자마자 쑤라가 다닐 학교부터 알아보았다. 우랄에서는 노무자 자녀들을 위한 임시 학교에서 공부했는데, 정식 러시아 학교에서 교육받을 수 있게 된 것이다.

쑤라가 들어간 학교에는 러시아 아이들이 대부분이고 소수의 중국인, 일본인 아이들이 다니고 있었다. 쑤라는 산골 오지에서 온 촌닭이라고 놀림당할까 봐 열심히 공부했다. 덕분에 성적은 늘 상위권이었다. 쑤라는 외국어에 재능을 보였다. 통역관인 아버지의 영향이 컸다. 아버지는 쑤라가 어렸을 때부터 러시아어는 물론 중국어와 일본어를 가르쳤다. 처음에 쑤라는 친구들에게 뽐내기 위해 외국어를 배웠다. 그런데 어느 순간부터 아버지는 엄해지기 시작했다. 재미 삼아 건성으로 배우는 딸에게 종종 회초리를 들었다.

언젠가 회초리를 맞을 때 털보 아저씨가 역성을 들어 주었다.

"형님, 쑤라도 통역관 만들 생각이시오?"

"통역관은 무슨……. 그 거친 바닥에 어떻게 여자아이를."

"그럴 생각이 아니면 적당히 하시오. 애가 그 정도면 잘하는 거지."

그러나 아버지의 교육법은 여전했다. 뭐든지 제대로 배워야 한다는 것이다. 그 덕분인지 언제부터인가 쑤라의 귀에 중국어와 일본어가 들리기 시작했다. 아버지는 인정받는 통역관이었다.

'아버지는 왜 통역관이 되었을까?'

쑤라가 태어났을 때부터 아버지는 통역관이었기 때문에 당연하게 여겨왔다. 그런데 오늘은 불쑥 궁금해졌다. 기억을 더듬다가 몇 해 전 아버지와 털보 아저씨가 나누던 말이 생각났다. 무슨 특별한 날이었는지 두 사람은 밤늦게까지 술을 마셨다.

"형님은 어쩌다 여기까지 오게 되셨소?"

"내가 열 살 때 아버지를 따라 만주로 왔지. 고향에선 수년간 가뭄이 들어 굶어 죽는 사람이 속출했어. 내 동생 둘도 그렇게 가고 말았지. 눈이 뒤집힌 아버지는 남은 식구들을 데리고 고향을 떠났어. 만주가 기회의 땅이란 건 있는 놈들에게나 해당하는 말이었지. 나는 아버지를 따라 어린 나이에 지게꾼으로 나섰어. 그 일을 하면서 깨달았지. 중국 땅에서 살려면 중국말을 알아야 한다고. 난 열심히 중국말을 배웠어. 그리고 기회가 왔지. 가게에서 점원으로 일하게 됐고, 그 후 연해주로 와선 러시아말을 배웠지. 준비를 해 놓으니 또 기회가 오더군. 벌목장에서 통역 일을 하게 된 거야. 그런데 자넨 어쩌다 여기까지 오게 됐나?"

아버지의 긴 이야기가 끝나자 털보 아저씨의 사연이 시작되었다.

"난 일본 순사 놈 하나 돼지게 패 주고 도망쳤소. 버르장머리 없는 젊은 순사 놈이 머리가 허연 우리 할아버지 빰을 때리더라고요. 말대꾸했다고. 그걸 보고 참을 수가 있어야지. 패대기쳐 버리고는 겁이 나서 도망쳤소. 조선 땅은 일본 놈들 세상이 돼 버려서 국경을 넘었는데, 나중에 소문을 들으니 나 땜에 동생이 곤욕을 치렀더라고요. 쌍둥이 동생인데, 먼저 결혼해서 처자식이 있었어요. 결국 동생도 그놈들 등쌀에 견디지 못하고 고향을 떴는데, 얼마 전에 소식이 닿았어요. 연해주에서 고생한다기에 이리로 오라고 불렀어요. 동생 오면 잘 좀 부탁해요."

그날 아버지와 털보 아저씨는 한숨을 안주 삼아 오래 이야기를 나누었다. 간간이 손등으로 눈가를 훔치기도 하면서.

조선은 몹시 가난한 나라인가 보았다. 일본에게 나라를 빼앗기고 고향을 떠나 남의 나라에 와서 불안한 삶을 이어 가는 사람들을 보면 말이다.

"어쩌다가 자기 나라를 빼앗기고 남의 나라에 와서 산담?"

쑤라는 고개를 절레절레 저었다. 갑자기 푸드덕, 새 한 마리가 쑤라가 기대고 있던 자작나무 우듬지에서 날아올랐다. 쑤라의 혼잣소리에 놀란 모양이다. 쑤라도 깜짝 놀랐다.

어느새 태양이 머리 꼭대기에 와 있었다. 쑤라는 상념에서 벗어나 정신을 가다듬었다. 아버지에게 가도 될 시간이었다. 두 손으로 마른세수를 하고 옷매무새를 살폈다. 아, 에, 이, 오, 우. 굳은 표정을 바꾸기 위해 입술을 움직이며 얼굴 근육을 풀었다.

쑤라는 자작나무 숲을 빠져나와 철로를 따라 걸었다. 철도국 건물이 보였다. 정문으로 가면 아버지가 2층 사무실에서 내려다볼지 몰라 뒤쪽으로 몰래 가서 놀라게 할 생각이었다. 고개를 숙이고 역사驛舍 뒤 플랫폼 쪽으로 걸음을 옮겼다. 열차가 들어오는 시간인지 플랫폼에 사람들이 서성거리고 있었다. 두 달 뒤면 쑤라도 저 사람들처럼 이곳에서 블라디보스토크행 열차를 기다릴 것이다. 블라디보스토크에 있는 여자사범학교에 진학하기로 아버지와 이야기를 마쳤다.

열차가 들어오는지 땡땡땡, 신호음이 울렸다. 쑤라는 얼른 사람들이 있는 쪽으로 갔다. 떠나는 열차를 향해 손을 흔들어 주고 싶어졌다. 등하굣길에 열차를 보면 늘 하던 행동이었다. 달리는 열차를 향해 꽃잎 같은 손을 흔들면 열차 안에서도 쑤라를 향해 손을 흔들어 주었다. 모르는 사람들이지만 반가웠다. 열차는 쏜살같이 지나가 버리고, 열차가 남기고 간 여운은 늘 알 수 없는 쓸쓸함으로 가득했다. 떠난 것과 남겨진 것의 간격이 아득하고 깊었다.

시커먼 동체가 지축을 울리며 모습을 드러냈다. 먼 길을 달려온 열차는 플랫폼으로 들어서며 가쁜 숨을 골랐다. 칙…… 폭…… 칙…… 폭……. 열차가 완전히 멈추자 승객들이 내렸다. 쑤라는 누구를 마중 나온 것처럼 내리고 오르는 사람들의 얼굴을 유심히 바라보았다. 다들 어디서 오는 걸까. 어디까지 가는 걸까.

잠시 후, 열차가 다시 무거운 몸을 천천히 움직이기 시작했다. 쑤라는 열차를 향해 손을 흔들었다. 열차가 떠나자 건너편 화물 열차가 보였다. 화물 열차도 곧 떠나려는지 한껏 기운을 달구고 있었다. 쑤라는 화물 열차가 있는 쪽으로 갔다. 철도국 뒷문으로 가려면 화물 열차가 있는 곳을 지나쳐야 했다. 화물 열차가 천천히 움직이기 시작했다. 그때였다. 갑자기 철로 변에서 두 개의 그림자가 튀어나왔다. 쑤라는 깜짝 놀라 걸음을 멈추었다.

두 남자가 화물 열차를 향해 달려갔다. 철도 인부 같지는 않았다. 작업복 차림이 아니었다. 두 남자는 주변을 살피더니 재빠르게 화물 열차에 올랐다. 그러고는 철로 변을 향해 짧게 손을 흔들더니 고개를 깊이 숙였다. 그들을 도운 누군가 철로 변에 있는 모양이었다. 공범일 것이다. 행동이 꽤 은밀해 보이는 걸로 보아 정당한 승차 행위가 아님이 분명했다. 쑤라는 재빨리 화물 더미 뒤로 몸을 숨겼다.

'아무래도 수상해. 도둑인가?'

쑤라는 행여 철로 변에 숨은 남자가 자신을 보았을까 싶어 가슴이 콩닥거렸다. 그 남자들은 도대체 누구일까. 쑤라는 뛰는 가슴을 누르며 가만히 고개를 내밀고 철로 변을 살폈다. 공범의 모습은 보이지 않았다. 만약 그들이 도둑이라면 다음 역에서라도 잡아야 한다. 쑤라는 얼른 아버지에게 알려야겠다고 생각했다. 조심스럽게 일어서려는데, 저벅저벅 발소리가 들려왔다. 깜짝 놀란 쑤라는 몸을 웅크렸다. 발소리가 멀어지자 쑤라는 살그머니 고개를 들고 보았다. 헉! 순간 쑤라는 소리를 지를 뻔했다.

'아버지?'

쑤라는 머리를 한 대 얻어맞은 기분이었다. 도둑이 아니었나? 아버지가 도둑을 도울 리는 없으니까. 그럼 뭐지? 아버지는 왜 그 사람들을 몰래 태워 줬지? 쑤라는 도무지 이해할 수가 없었다. 어쨌든 이 상황은 정당해 보이지 않았다.

'아버지가 왜 그랬을까? 그 사람들은 누구지?'

쑤라는 머릿속이 혼란스러웠다. 우등상을 뺏기고 기분도 울적한데, 이런 알 수 없는 기분으로 아버지를 만나고 싶지 않았다.

쑤라는 집으로 발길을 돌렸다.

아버지의 이름

쑤라는 집에 돌아온 뒤 이런저런 생각에 빠져 저녁이 된 줄도 몰랐다. 퇴근하고 돌아온 아버지는 불이 켜지지 않은 걸 보고 놀라 물었다.

"왜 불도 안 켜고 이러고 있어?"

아버지가 불을 켜며 쑤라를 바라보았다.

쑤라는 아버지의 말에 대답하지 않았다. 어쩌면 아버지에 대한 항의의 표시였을 것이다. 그동안 자기가 알고 있던 아버지의 모습이 아닌, 아버지의 이상한 행동에 대한 막연한 불안감과 배신감. 쑤라는 되도록 아버지와 눈을 마주치지 않으려고 했다. 마주치면 자신도 모르게 입에서 불쑥 질문이 튀어나올 것만 같았다. 묻는다고 말해 줄 리도 없겠지만 말이다. 아버지는 원래 밖에서 있었던 일은 집에서 말하지 않는 성격이다.

"저녁은요?"

"됐다. 나는 할 일이 있으니, 너나 어서 먹어."

불빛 탓인지 아버지의 얼굴이 유난히 초췌해 보였다. 아버지는 무거운 몸을 끌 듯이 방으로 들어갔다. 졸업식에 대해선 한 마디도 묻지 않았다. 쑤라는 섭섭했다. 하나밖에 없는 딸이 학교를 졸업했는데, 상장 좀 보자든지 졸업식은 잘했는지 궁금해해야 하는 것 아닌가. 아버지한테는 아까 그 일이 딸의 졸업식보다 중요한 일인 모양이다. 게다가 기다리던 졸업 선물 이야기는 꺼내지도 않았다. 쑤라는 섭섭한 마음에 눈물이 핑 돌았다. 이럴 때 엄마가 있으면 얼마나 좋을까. 얼굴도 본 적 없는 엄마가 오늘은 너무 그립고 원망스러웠다.

밤이 깊었는데도 좀처럼 잠이 오지 않았다. 바람이 부는지 바깥문이 덜컹거렸다. 쑤라의 마음도 덜컹거렸다. 이대로는 밤새 속만 끓일 것 같아 쑤라는 벌떡 일어났다. 찬물이라도 벌컥벌컥 들이켜야겠다 싶어 방을 나왔다. 아버지 방 문틈으로 불빛이 새어 나오고 있었다. 아버지도 안 주무시는 모양이었다. 쑤라는 마침 잘되었다 싶었다. 아무래도 속으로만 끙끙 앓을 게 아니라 궁금한 것을 물어야겠다고 생각했다. 아버지 방으로 가려는데 탁자 위에 못 보던 것이 놓여 있었다. 빨간 포장지에 싸인 작은 상자였다. 순간 쑤라는 그것이 졸업 선물이라는 걸 금방 알아차렸다.

'그럼 그렇지. 직접 주기 쑥스러우니까 잊은 척하신 거지.'

쑤라는 기쁜 마음에 얼른 포장지를 풀고 상자를 열었다.

'어, 이건?'

상자 안에는 자그마한 마트료시카가 들어 있었다. 그런데 상점에서 파는 마트료시카 인형과는 달랐다. 대개 마트료시카는 스카프를 쓰고 앞치마를 두른 통통한 러시아 여자 모양인데, 이건 검정 치마에 흰 저고리를 입은 인형이다. 아버지가 손수 만들었다는 증거였다.

'와, 아버지가 이런 것도 만들 줄 아시다니.'

인형을 여니 그 안에 좀 더 작은 인형이 들어 있고, 또 열어 보니 인형이 또 들어 있었다. 쑤라는 크기가 다른 세 개의 마트료시카 인형을 나란히 세워 놓고 바라보았다.

'내 안에 다른 내가 둘이나 있네!'

쑤라는 졸업 선물이 마음에 쏙 들었다. 고맙다고 말하려고 아버지 방문 앞에 섰다. 문틈으로 보니 아버지는 편지 같은 것을 책상 위에 잔뜩 펼쳐 놓고 있었다. 왠지 그 모습이 너무 무거워 보여 얼른 문을 열지 못했다. 한참 만에 기척을 느꼈는지 아버지가 말했다.

"이 시간에 안 자고 웬일이냐?"

아버지는 허둥대며 책으로 편지들을 덮었다. 무슨 비밀스러운 일인지 쑤라는 아버지의 그런 모습이 낯설어서 하려던 말을 접고 말았다.

"아니, 저녁도 안 드셨는데 시장하실까 싶어서……."

"괜찮다, 어서 가서 자!"

쑤라는 떠밀리듯 자기 방으로 돌아왔다. 자리에 누웠지만 아버지의 표정이 오래도록 눈앞에 아른거렸다.

쑤라는 두런거리는 소리에 잠이 깼다. 아버지 방에서 나는 소리 같았다. 창문으로 푸르스름한 빛이 비쳐 들고 있었다. 이른 아침이었다.

'아침부터 누가 왔나?'

방문을 열고 나오는데 막 아버지 방문이 열렸다. 아버지와 낯선 남자가 나오다 쑤라와 눈이 마주쳤다. 낯선 남자가 놀라는 기색을 하자 아버지가 서둘러 말했다.

"괜찮소. 내 딸아이요. 쑤라 벌써 일어났니?"

"화, 화장실 가려고요."

쑤라는 엉겁결에 얼버무렸다. 다른 때 같으면 아버지를 찾아온 손님에게 인사부터 꾸벅했을 것이다. 그런데 오늘은 뭔가 이상하게 어색했다. 몰래 화물 열차에 올라타던 그 남자들의 모습이 떠올랐기 때문이다.

"그럼, 조심해서 가시오."

남자를 배웅하는 아버지 목소리를 들으며 쑤라는 화장실로 갔다. 잠시 후 아버지는 옷을 챙겨 입고 나왔다.

"어디 가시게요?"

"응, 좀 나가 봐야겠다."

바람에 문이 쾅 닫히면서 아버지 겉옷 자락이 잠깐 문틈에 끼었다가 쑥 빠져나갔다. 순간 쑤라는 문틈으로 빠져나간 게 아버지 옷자락이 아니라 무언가 중요한 게 빠져나간 것 같은 착각이 일었다. 쑤라는 벌떡 일어나 문을 뚫어지게 바라보았다.

"아버지……."

아침 일찍 나간 아버지는 밤이 늦도록 돌아오지 않았다. 쑤라는 온종일 알 수 없는 불안감에 휩싸여 작은 소리에도 깜짝깜짝 놀랐다.

'아버지 오시면 새 거울 사러 가자고 해야지.'

쑤라는 불안한 마음을 떨쳐 내기 위해 주문이라도 걸 듯 자주 속으로 중얼거렸다. 그러나 밤이 깊어 갈수록 불안감은 풍선처럼 부풀어 여차하면 펑, 터져 버릴 것 같았다.

쑤라는 아버지를 기다리다 새벽녘에야 잠이 들었다. 눈을 떠 보니 창문으로 비쳐든 햇살에 물그릇이 반짝 빛났다. 배에서 꼬르륵 소리가 났다. 그러고 보니 어제저녁부터 아무것도 먹지 못했다. 쑤라는 벌떡 일어나 방을 나갔다. 아버지 방문을 확 열었다. 훅 끼쳐 오는 서늘한 공기가 간밤에 아버지가 들어오지 않았음을 말해 주었다.

'아버지한테 무슨 일이 있는 걸까?'

아무 연락도 없이 아버지가 집을 비운 적은 없었다. 통역 일로 출장을 갈 때는 쑤라에게 미리 말했다. 급작스러운 출장이라 하더라도 철도국 근처에서 일하는 털보 아저씨에게 쑤라를 부탁하곤 했다. 아저씨는 형님처럼 따르는 아버지를 따라 하바롭스크로와 한인촌에 정착했다.

쑤라는 주섬주섬 옷을 챙겨 입고 철도국으로 걸음을 재촉했다. 피치 못할 사정으로 집에는 들어오지 못하더라도 직장으로 바로 출근할 수는 있을 것이다. 사무실 문을 열고 들어갔다. 먼저 아버지 자리에 눈길이 머물렀지만 자리는 비어 있었다. 아버지 동료인 미하일이 쑤라를 보고 놀라는 표정을 지었다.

"아니 넌, 빅토르 통역관 딸이 아니냐?"

"네, 안녕하세요?"

"그래. 아버지 따라왔나 보구나."

미하일은 문 쪽을 바라보며 말했다. 쑤라는 고개를 저었다.

"응? 혼자 온 거야?"

미하일의 반응으로 보아 아버지의 행방을 모르는 것 같았다. 쑤라는 힘없이 고개를 숙였다. 그러자 이상한 느낌을 받았는지 미하일이 쑤라를 바라보았다.

"무슨 일 있니? 얼굴에 걱정이 가득하구나. 빅토르는?"

쑤라는 어떻게 대답해야 할지 잠깐 망설였다. 사실대로 말하면 나중에 아버지가 돌아왔을 때 문제가 될 수도 있겠다는 생각이 들었다. 게다가 화물 열차 사건이 떠오르자 더더욱 사실대로 말하면 안 될 것 같았다. 쑤라는 재빨리 변명거리를 생각해 냈다.

"아, 저기…… 아버지가 몸이 안 좋으셔서."

"그래? 그러잖아도 어제 출근해서 속이 안 좋다고 조퇴하더니 배탈이라도 났나?"

아버지는 어제 오전에 조퇴하고 나가서 지금까지 행방이 묘연한 것이었다.

"마, 맞아요. 배탈이 나서, 오늘도 못 나오실지 모른다고."

쑤라는 얼른 둘러댔다.

"아, 그래서 네가 대신 병가를 신청하러 온 거로구나. 기특하구나. 알았으니 걱정 말고 돌아가렴. 아버지께 몸조리 잘하시라 전해 드리고."

"네……. 고맙습니다."

쑤라는 엉거주춤 인사를 하고 돌아섰다. 그때였다. 누군가 급하게 문을 열고 들어서며 큰 소리로 말했다.

"미하일, 빅뉴스야!"

그는 들어오다 쑤라를 발견하고는 흠칫 놀랐다. 뛰어왔는지 얼굴이 상기되어 있었다. 쑤라는 그에게 공손하게 인사했다.

"누구지?"

"빅토르 딸이라네. 빅토르가 탈이 났나 봐. 기특하게도 아버지 병가를 신청하러 왔지 뭔가."

"병가를 내러 왔다고?"

놀라는 것 같기도 하고, 거짓말인지 다 안다는 것 같기도 한 말투에 쑤라는 순간 가슴이 철렁했다. 그는 쑤라를 위아래로 훑어보더니 입꼬리에 야릇한 웃음을 머금었다. 쑤라는 인사를 하고 사무실을 나왔다. 그런데 자꾸 이상한 생각이 들어 걸음을 멈추고 사무실을 돌아보았다. 그 남자의 입꼬리에 달라붙은 기분 나쁜 그 미소는 무엇일까. 의혹의 넝쿨 하나가 스멀스멀 뻗어 나와 쑤라의 발목을 휘감았다. 빅뉴스를 전하려다 쑤라를 보자 흠칫 놀라던 모습, 혹시 아버지에 대한 소식이 아닐까. 동료가 아파서 병가를 낸다면 최소한 어디가 아픈지 물어보는 게 예의 아닌가. 쑤라는 뭔가 개운치 않은 기분에 고개를 갸우뚱했다. 그때 반짝, 기억 하나가 떠올랐다.

'맞아, 그 사람이야! 드미트리.'

드미트리가 집으로 찾아와 언성을 높이던 모습을 몰래 지켜본 적이 있었다. 이야기는 대략 이러했다. 철도국에서 일하는 중국인 노무자들이 아버지를 찾아와, 드미트리가 노무자들 임금의 절반을 떼먹고 있다며 도와 달라고 하소연했다. 당연히 아버지는 노무자들 편에 섰고, 드미트리는 자신의 치부를 들추는 아버지가 못마땅했다. 그날, 한참 언성을 높이더니 반드시 되갚아 주겠다고 이를 갈며 돌아가던 그의 모습이 떠올랐다. 왠지 드미트리가 아버지의 소식을 알고 있을 것 같았다.

쑤라는 다시 사무실로 향했다.

"그게 정말인가? 빅토르가 왜 그런 짓을 했지?"

"카레이스키잖아. 제 나라가 지금 일본 식민지가 되어 있으니까 독립군들을 도왔겠지. 쳇, 하여간 오지랖은……. 괜히 남의 일에 참견할 때부터 알아봤어."

문틈으로 드미트리의 삐딱한 말소리가 흘러나왔다. 쑤라는 두 사람의 말소리에 귀를 기울였다.

"그럼 아까 딸아이는 아버지가 걱정돼서 찾아왔던 게로군."

"이미 일본군에게 넘겨졌을걸."

"일본군? 빅토르는 러시아 철도국 소속 통역관인데 경찰서에서 조사를 받아야지 왜 일본군에게 넘겨?"

"생각해 봐. 일본은 지금 만주와 연해주까지 다 삼킨 막강한 힘을 가진 나라야. 괜히 카레이스키들 때문에 일본과 우리 러시아가 불편해질 필요가 없지. 밀정 노릇을 했으니 빅토르는 여기서도 발붙일 곳이 없지."

"어쩌다가…… 큰일 났군."

"어젯밤 벌어진 총격전에서 한 놈은 죽고 두 놈을 붙잡았는데, 그중 하나가 빅토르였던 거지. 그동안 빅토르가 도운 조선 독립군들이 많대. 통역하면서 정보를 빼돌린 거지."

쑤라는 온몸이 떨렸다. 며칠 동안 실체를 알 수 없었던 불안의 그림자가 비로소 모습을 드러내는 순간이었다.

"그래도 일본군에게 넘기는 건 좀 아니잖은가?"

"그들은 카레이스키야! 불한당이라고."

드미트리의 격한 말에 쑤라는 가슴이 울렁거리고 얼굴이 달아올랐다.

쑤라는 이를 앙다물고 사무실 문을 열어젖혔다. 한창 이야기에 열중하고 있던 두 남자가 깜짝 놀라 돌아보았다.

"너, 아직 안 갔니?"

미하일이 곤혹스러운 표정을 지으며 말했다.

"제 아버지가 불한당이라고요? 아저씨가 아버지 고자질했어요?"

쑤라는 드미트리를 향해 울음 섞인 고함을 내질렀다. 아버지를 못마땅하게 여긴 뚱보 드미트리가 아버지의 뒤를 밟아 분풀이했는지도 모른다.

"얘가 지금 무슨 소릴 하는 거야? 나도 소문을 들었을 뿐이야!"

쑤라가 무섭게 노려보자 드미트리가 허둥대며 눈길을 피했다. 쑤라도 이미 아버지의 수상한 행동에 대해 의심하고 있던 차였지만, 마치 고소하다는 듯이 말하는 드미트리가 미웠다.

"제 아버지는 불한당이나 돕는 그런 분 아니에요."

화물 열차에 몰래 태워 보내던 두 남자, 아침에 찾아왔던 또 다른 남자……. 아버지가 도운 그들이 누구인지는 모르지만 아버지가 절대 나쁜 사람들을 돕지는 않았을 것이다.

"불한당이 아니면? 그럼 너도 그들을 알고 있다는 거야? 그래?"

드미트리가 눈을 빛내며 쑤라를 다그쳤다.

"이 사람 참, 애한테 그게 무슨 소린가? 넌 그만 가 봐. 설마 무
슨 일이야 있겠니? 집에서 기다리면 아버지 조사받고 나오실 거야."

미하일이 쑤라의 등을 밀었다. 쑤라는 드미트리를 한 번 더 쏘
아보고는 사무실을 나왔다. 계단을 내려서는데 다리가 후들거렸
다. 계단이 마치 낭떠러지 같았다. 잘못 디뎠다가는 천 길 아래로
굴러떨어질 것만 같았다. 쑤라는 계단에 주저앉았다.

'아버지, 왜 그랬어요. 왜?'

쑤라는 아버지가 원망스러우면서도 걱정되었다. 총격전까지 벌
어졌다는데 다치지는 않으셨나. 미하일 아저씨 말대로 정말 조사
받고 집으로 돌아오실까. 두 달 뒤면 블라디보스토크 여자사범학
교에 입학해야 하는데…….

어디로 가야 할까? 어딜 가야 아버지 소식을 알 수 있을까. 누
가 아버지를 도와줄 수 있을까. 지금 아버지를 도울 수 있는 사
람은 힘 있는 사람이어야 할 텐데. 그러나 마땅히 떠오르는 사람
이 없었다. 쑤라가 알고 있는 아버지의 지인은 러시아인 친구 몇
명과 털보 아저씨를 비롯한 조선인 노무자들이 전부였다. 그들이
아버지를 도울 수 있을까.

아버지는 부모 형제가 없다. 그래서 도움을 청할 친척도 하나
없다. 이 넓은 하늘 아래 피붙이라고는 아버지와 쑤라, 단 둘뿐이
다. 문득 쑤라는 외롭다는 생각이 들었다.

'지금 나처럼 아버지도 외로웠을까? 그래서 그런 일을 하셨을까?'

막막했지만 그렇다고 넋 놓고 앉아 있을 수만은 없었다. 쑤라는 벌떡 일어났다.

'일단 경찰서로 가 보자.'

어쩌면 그곳에서 아버지의 소식을 알 수 있을지도 모른다. 쑤라는 경찰서 앞을 지날 때면 늘 잰걸음으로 지나쳤다. 문 앞에 총을 메고 서 있는 보초가 무서웠다. 그런데 스스로 경찰서를 찾아갈 일이 생길 줄은 상상도 하지 못했다. 당연히 받을 줄 알았던 우등상을 빼앗길 줄 몰랐던 것처럼. 고학년이 될수록 배배 꼬인 수학 문제처럼 세상도 배배 꼬여 가는 것 같았다. 그러나 아무리 배배 꼬아 놓은 수학 문제라도 쑤라는 잘 풀어내곤 했다. 시간이 좀 걸릴 뿐이었다. 쑤라는 경찰서를 향해 부지런히 걸었다.

멀리 경찰서 지붕이 보였다. 쑤라는 보폭을 더 크게 걸었다. 골목을 끼고 돌자 경찰서 붉은 벽돌담이 나타났다. 이제 모퉁이만 돌면 정문이 보일 터였다. 그때였다. 누군가 뒤에서 쑤라의 입을 틀어막고 잡아끌었다.

"읍!"

쑤라는 발버둥 치며 끌려갔다. 강한 힘으로 잡아끄는데 어찌해 볼 도리가 없었다. 좁은 골목으로 들어서자 입을 틀어막았던 손이 떨어졌다.

"나다. 쑤라야."

아, 털보 아저씨였다. 쑤라는 아저씨를 보자 반갑고 서러웠다.

"아저씨……."

쑤라는 아저씨 품에 안겨 울음을 터뜨렸다. 혼자가 아니라는 생각에 왈칵 울음이 북받쳐 올랐다. 아저씨도 아버지 소식을 듣고 온 것이었다.

"아저씨, 아버지 어디 있는 거예요? 경찰서에 가서 물어봐요."

"혹시 몰라 달려왔는데, 여기로 오길 잘했구나. 경찰서에 가 봐야 소용없다."

"왜요? 경찰서에선 아버지 행방을 알고 있을 거잖아요."

"다 한통속이야. 믿을 수 없어. 우리 쪽 소식통에 따르면 아버진 벌써 일본군에 넘겨졌다."

"아까 철도국 미하일 아저씨가, 아버진 러시아 철도국 소속이니까 경찰서에서 조사받아야 된다고 했어요. 그리고 아버진 러시아에 귀화했잖아요."

"그 말이 맞지. 그러나 그게 그렇게 간단치가 않구나. 방법을 찾아봐야지. 일본 놈들이 너까지 잡아들이려고 할 거야. 너도 위험해."

"저를 왜요?"

"너를 미끼로 아버지를 협박하겠지. 그럼 아버지가 더 힘들어진다."

"도대체 그동안 아버지가 무슨 일을 한 거예요? 아저씬 알고 있죠?"

쑤라는 왠지 자신이 알고 있는 아버지의 일이 빙산의 일각일 뿐이라는 느낌이 들었다.

"차차 얘기해 주마. 일단 너희 집은 위험하니까 나와 함께 가자."

쑤라는 대답하지 않았다. 죄도 없는데 쫓기듯이 어디론가 가는 게 내키지 않았다.

"쑤라야, 어린 네가 지금 이 상황을 받아들이기 쉽지 않을 거다. 하지만 집에 너 혼자 있는 건 위험해. 내가 계속 아버지 행방을 알아볼 테니, 같이 우리 집으로 가자. 그래야 아버지도 안심하실 거다."

지금 아버지가 어떤 상황에 놓여 있는지도 모르면서 아버지가 안심하실 거라는 말은 모순이다.

"아저씨, 제 아버지 이름은 빅토르 세묘노비치, 전 알렉산드라 세묘노비치, 둘 다 러시아 국적이에요. 그런데 왜 경찰에게 보호를 못 받아요?"

털보 아저씨는 쑤라의 하소연에 아무런 대답도 하지 못했다.

쑤라는 털보 아저씨를 따라 조선인들이 모여 사는 한인촌으로 갔다. 그곳에는 쑤라가 어렸을 때 벌목장에서 함께 지냈던 아저씨도 몇 명 있었다. 그들은 서로 뭉쳐 동포들의 뒤를 봐주며 살고 있었다. 쑤라는 그들에게 위로의 말을 듣고, 먹을 것과 잘 곳을 제공받으니 한패가 된 것 같았다.

털보 아저씨는 다른 아저씨들과 함께 아버지의 행방을 알아내려고 애썼다. 일을 마치고 저녁이면 모여 저마다 알아낸 정보를 교환했다. 그러나 쉽지 않은 모양이었다.

"일본 놈들이 전쟁에서 밀리고 있다는 소문이 사실인가 봐. 요즘 유난히 더 그악스러워졌어. 조선에서 강제로 동원해 온 수가 부쩍 늘었대."

"성전聖戰이다 뭐다 어린 학생들까지 전쟁에 동원해서 발악을 하더니 벌을 받는 거지."

"남의 눈에 눈물 내면 제 눈에선 피눈물이 날 때가 꼭 오는 법이지. 독립군을 아무리 잡아들여 보라지 우리가 포기하나."

"아무렴, 어림없지. 우리가 아무리 힘들어도 십시일반 독립 자금을 모아 보내고 있는 이유가 뭔데, 우리 자식들은 해방된 나라에서 당당하게 살게 하려는 건데."

쑤라는 한인촌에 머물면서 조선에 대해 몰랐던 것들을 알게 되었다. 빼앗긴 나라를 찾기 위해 보이지 않는 곳에서 끊임없이 싸우고 있는 사람들이 있었다. 그들은 대단한 지위를 가졌거나 부자들이 아니었다. 가난하고 평범하기 이를 데 없는 이들이 목숨을 걸고 그 길을 묵묵히 가고 있었다. 조선인들은 겉으로는 약해 보였지만 결코 약하지 않았다. 허름한 판잣집에서 끼니를 걱정해야 하는 형편이지만 그들의 가슴엔 조선 독립이라는 강물이 면면히 흐르고 있었다.

아저씨들에게 전해 들은 아버지의 행적은 놀라웠다. 아버지는 통역관으로 일하면서 범죄인 인도 요청 서류를 열람할 수 있게 되었다. 만주나 연해주에서 활동하는 독립군의 정보가 러시아로 넘어왔고, 감시를 받거나 추격을 당하는 독립군들을 아버지가 도왔다. 열차를 탈 수 있게 표를 구해 주고, 여의치 않을 때는 화물 열차에 숨겨 태워 보냈다. 아버지는 독립군들 뒤에서 그들을 돕는 또 다른 독립군이었다. 그러나 쑤라는 아버지가 온전히 이해되지는 않았다. 조선인으로 태어났지만 지금은 러시아 통역관으로서 인정받으며 살고 있지 않은가. 그런데 왜, 빼앗긴 지 수십 년이 넘은 나라를 되찾겠다고 어려움을 자초한 것일까.

일을 마치고 돌아온 털보 아저씨가 무거운 목소리로 쑤라를 불렀다. 다른 날과 다르게 얼굴이 굳어 있었다.

"쑤라야, 예상은 하고 있었다만 철도국에서 너희 집을 접수한다는구나."

"우리 집을 왜요? 아버지도 아직 안 오셨는데……."

말은 그렇게 했지만 이제 쑤라도 알고 있었다. 러시아에서 볼 때 아버지는 용서받을 수 없는 밀정이었다. 철도국 소속 통역관으로서 정보를 빼돌린 아버지의 죄가 가볍지 않았다. 쑤라는 눈물을 보이지 않으려고 밖으로 나왔다.

노을 진 하늘빛이 어지러웠다. 누가 노을을 붉다고 했나. 노을은 한 가지 색이 아니었다. 주황, 보라, 자주, 회색이 뒤섞여 복잡했다. 저마다의 색은 이미 그 안에 수많은 색을 품고 변주되고 있었다. 마치 쑤라가 가야 할 길이 그렇다는 듯이.

"불그스름하다가 붉으락푸르락하다가, 검붉었다가 거무스름했다가……."

쑤라는 노을의 변주를 바라보며 중얼거렸다. 어쩌면 세상은 한 가지 색만으로는 살 수 없을지 모른다. 노을빛처럼 또 다른 색을 낳으며 살아가는 것인지도.

노을이 사라진 자리에 하나둘 별이 돋았다. 여기저기서 반짝거리며 기죽지 마라, 기죽지 마라…… 아버지의 당부처럼 빛났다.

열차 안에서

한 달 넘게 비워 둔 집은 싸늘한 냉기로 가득했다. 벽 한쪽에 있는 페치카에서조차 냉기를 피워 올리는 것 같았다. 집을 뒤졌는지 온 집 안이 난장판이었다. 옷가지며 살림살이들이 바닥에 나뒹굴었다. 얼마 전까지만 해도 아버지와 함께 밥을 먹고 이야기를 나누던 따뜻하고 아늑한 집이었다.

쑤라는 눈물이 날 것 같아 입술을 지그시 깨물었다. 이런 상황을 짐작하고 털보 아저씨가 절대 가지 말라고 했던 걸까. 그러나 쑤라는 꼭 챙겨야 할 것이 있어 밤에 몰래 혼자 왔다.

"아, 마트료시카!"

식탁 위에 두고 왔었는데 다행히 그대로 있었다. 쑤라는 얼른 마트료시카 인형을 주머니에 넣었다. 만드느라 수백 번도 더 만졌을 아버지의 손길이 느껴지는 것 같았다. 방에 들어가 보니 마찬가지로 난장판이었다. 쑤라는 바닥에 뒹구는 책을 주워 들었다.

"아버지 행방도 모르는데 책은 봐서 뭐 해."

쑤라는 집어 들었던 책을 바닥에 내려놓았다. 한 치 앞을 내다볼 수 없는 지금 상황에서 블라디보스토크에서 학교를 다니는 건 이제 꿈도 꾸지 못할 일이 되어 버렸다.

겨울이 시작되었다. 러시아의 긴 겨울은 9월부터 시작된다. 아버지의 행방을 알 수 없게 된 지도 두 달이 지났다. 쑤라는 아버지가 그리울 때면 마트료시카 인형을 꺼내 보곤 했다. 마트료시카는 러시아어로 엄마라는 뜻도 있다고 했다. 쑤라에게 엄마는 아버지였다. 아버지는 아버지면서 엄마기도 했다. 쑤라의 삶에서 아버지를 빼면 아무것도 없었다. 그런데 아버지는 쑤라가 전부가 아니었던가 보다. 아버지에겐 쑤라 말고도 조선이 있고, 통역 일이 있었다. 그런 생각이 들면 쑤라는 왈칵 아버지가 원망스러워지곤 했다.

어느 날, 저녁상을 물리고 아주머니를 도와 설거지를 하고 있는데 한 남자가 헐레벌떡 뛰어 들어오며 소리쳤다.

"형님, 털보 형님 계시오?"

"무슨 일인가?"

아저씨가 방문을 열고 나왔다. 함께 살고 있는 다른 이들의 방문도 한꺼번에 열렸다. 자나 깨나 긴장하며 조심성이 몸에 밴 사람들이라 느닷없는 큰 소리에 놀란 표정들이었다.

"통, 통역관님이……."

통역관이라는 말에 쑤라도 용수철처럼 부엌에서 튀어나왔다.

"제 아버지요?"

"통역관님 소식을 알아낸 거야? 그래, 어디에 계신다던가?"

아저씨도 눈이 둥그레져 물었다.

"사, 사할린으로 갔대요."

"사할린?"

아저씨의 눈이 더 커졌다. 쑤라는 한 번도 들어 본 적 없는 이름이라 얼른 아저씨를 쳐다보았다.

"사할린이라면, 섬인데."

"맞아요. 섬이라고 했어요."

남자가 털보 아저씨의 말에 고개를 끄덕였다. 쑤라는 처음 듣는 지명이었다. 러시아에 섬이 있다는 것도 처음 알았다.

"사할린이 어디예요? 여기서 멀어요?"

"그래. 러시아 동쪽 끝에 있는 섬이야. 예전에는 죄수들 유형지였지. 러일전쟁에서 러시아가 일본에게 패하면서 사할린 남쪽 땅을 내주었지. 일본 사람들은 그곳을 가라후토라고 불러. 내 동생이 그곳에 살고 있어서 좀 알지."

쑤라는 지금까지 섬은커녕 바다도 본 적이 없어서 그곳이 얼마나 먼 곳인지 감이 오지 않았다. 어쨌든 아버지가 있는 곳을 알았으니 어서 그곳으로 가야겠다는 생각뿐이었다.

"결국 통역관님을 자기네 땅으로 끌고 갔구먼. 얼마나 고문이 심했을꼬. 휴."

방 안에 혀를 차는 소리와 한숨 소리가 섞여 흘렀다.

"가라후토에는 탄광이 많아. 탄광에서 노역을 시키려고 끌고 갔을 거야. 동생에게 들으니 일본이 탄광에 열을 올리고 있다더라고."

"아, 아버지!"

아저씨들 말에 따르면 탄광에 끌려간 죄수들은 그곳에서 죽을 때까지 엄청난 노역에 시달린다고 했다. 쑤라는 아버지가 끌려간 곳이 감옥이 아니어서 다행이라 생각했던 것이 부질없음을 깨달았다. 어떻게 해야 할까. 아버지의 행방을 알았는데, 여기서 마냥 주저앉아 있을 수는 없다. 아저씨들은 걱정하면서도 해결책을 내놓지는 못했다. 있는 곳을 알았다고 해서 당장 아버지를 구해 낼 수 있는 게 아니었다. 행방을 모른 채 지내는 것도 답답했지만, 알아도 뾰족한 수가 없다는 것이 더 답답했다. 쑤라는 밤을 꼬박 지새우며 자신이 있어야 할 곳이 어디인지 생각했다.

이튿날 쑤라는 털보 아저씨에게 자신의 결심을 말했다.

"아저씨, 저 사할린으로 가겠어요."

"뭐라고? 거기가 어디라고 네가 찾아간단 말이냐? 가라후토로 가는 길이 쉬운 게 아니야."

"알아요. 그렇지만 아버지가 쉽게 풀려날 것 같지도 않고, 아저씨가 저를 돌봐 주신다고 해도 아버지가 거기 있다는 걸 알면서 어떻게 아무렇지 않게 살 수가 있겠어요."

"사할린은 어린 네가 가기에는 너무 먼 곳이야."

"아무리 멀어도 아버지가 있는 곳으로 갈래요. 아저씨들이 그랬잖아요. 조선은 반드시 독립할 거라고. 조선이 독립하면 아버지도 풀려날 거잖아요. 그러면 바로 만날 수도 있고요."

아저씨가 계속 말렸지만 쑤라의 결심은 흔들리지 않았다. 아저씨가 한동안 말없이 쑤라를 바라보더니 이윽고 무겁게 입을 뗐다.

"그래. 정 그렇다면 더 이상 말릴 수가 없겠구나. 가더라도 며칠만 기다려라. 아무 준비도 없이 갈 수는 없잖니."

며칠 뒤, 털보 아저씨는 동료 몇 명과 함께 쑤라를 불렀다. 십시일반 모았다며 여비가 든 봉투를 건넸다.

"고맙습니다. 이 은혜 절대 잊지 않을게요."

"아니다. 낯선 이국땅에서 억울하고 힘들 때 통역관님이 베풀어 주신 거에 비하면 약소하다. 꼭 네 아버지를 만나길 바란다. 이건 가라후토에 살고 있는 내 쌍둥이 동생에게 쓴 편지다. 넌 기억을 못 하겠지만 너 어렸을 적에 우랄 벌목장에서 잠깐 함께 지냈단다. 네가 많이 커서 못 알아볼지 모르지만 이름을 말하면 금방 알 거야. 상세한 내용은 편지에 써 두었다. 아버지를 찾는 데도움을 줄 거야. 부디 몸조심해라. 그리고…… 해방이 되면 꼭 다시 만나자꾸나."

털보 아저씨가 울먹이며 눈시울을 붉히자 쑤라도 눈두덩이 뜨거워졌다.

"그동안 돌봐 주셔서 감사합니다. 꼭 다시 뵈어요."

쑤라는 여비와 편지를 가방 깊숙이 넣었다.

"하바롭스크역에서 열차를 타고 바니노로 가거라. 바니노는 가라후토와 가장 가까운 거리에 있는 항군데, 거기에 가라후토의 마오카(러시아 이름은 홀름스크)항으로 가는 배가 있다는구나. 내가 함께 가면 좋겠는데, 여기서 하던 일이 있어서 여의치가 않구나. 모쪼록 조심해야 한다."

"걱정하지 마세요. 이렇게 도와주셨는데 나머지는 제가 알아서 할게요."

"그래. 다행히 넌 러시아말, 중국말, 일본말을 잘하니까 조금 안심이 되긴 하다만……. 네 아버지가 외국말을 그리 호되게 가르치더니 이럴 때 써먹는구나! 허 참."

그동안 낯을 익힌 한인촌 사람들과 작별하고 길을 나섰다. 털보 아저씨가 나서서 마련해 준 낡은 트럭에 몸을 싣고 하바롭스크역으로 달렸다.

빠아앙, 열차는 기적을 울리며 서서히 역을 벗어나기 시작했다. 낯익은 풍경들이 뒷걸음치며 멀어졌다. 쑤라의 행복했던 시절도 함께 멀어져 갔다. 떠나가는 열차를 바라보며 알 수 없는 그리움에 동동거리던 지난날들이여 안녕. 쑤라는 앞만 보고 달려가는 이 열차처럼 어떤 어려움이 닥쳐와도 주저 없이 나아가리라 다짐하며 주먹을 꼭 쥐었다.

'아버지, 쑤라가 가고 있어요. 아버지가 없는 이곳은 낯설기만 해요. 섬이면 어때요. 당장 아버지를 구할 힘은 없지만 가까이에 있을게요.'

오후에 출발한 열차는 하루 반을 달려 종착역인 바니노에 닿을 것이다. 그러나 쑤라의 종착지는 바니노가 아니다. 대륙의 끝인 바니노에서 여정은 다시 시작될 것이다.

차창 밖으로 펼쳐진 풍경은 쑤라의 조바심치는 마음과는 달리 평화로운 모습이다. 아직은 눈이 내리지 않아 드넓게 펼쳐진 벌판과 자작나무들, 그리고 나지막이 펼쳐진 산들이 제 경계를 분명히 드러내 보인다. 그 속에 오종종 둥지를 튼 집들이 평화로워 보인다. 그러나 머잖은 날, 눈이 내리기 시작하면 모든 것이 한 가지 색으로 뒤덮일 것이다. 원하든 원하지 않든. 쑤라도 아버지도 원하지 않았지만 그 무엇에 압도된 것처럼.

"학생은 혼자 가나 보네. 어디까지 가나?"

맞은편에 앉은 러시아 아주머니가 물었다. 유난히 눈가에 부챗살 주름이 많아 친절한 인상을 풍겼다.

"바니노까지요."

"종착역까지 가는구나. 집에 가는 건가?"

집, 집이라는 말에 순간 쑤라는 울컥했다. 너무나 흔한 단어인데 무척 낯설게 들렸다. 그러고 보니 쑤라에게는 집이 없었다. 얼마 전까지만 해도 있었던 집이, 마치 폭설에 묻혀 버린 듯 흔적도 없이 사라져 버렸다. 이 열차를 타고 집으로 가는 길이라면 얼마나 좋을까. 쑤라는 목을 타고 올라오는 뜨거운 울음덩어리를 꿀꺽 삼켰다. 지금은 아버지를 찾아가는 길. 그래, 아버지가 있는 곳이 집이지 뭐.

"네. 아버지가 기다리고 계세요."

아주머니가 고개를 끄덕이며 미소를 지었다. 예상했던 대로 눈가의 부챗살 주름이 해사하게 펴지며 단단히 조였던 쑤라의 경계심을 풀어 버렸다.

일행이 있는 사람들은 두런두런 이야기를 나누고, 쑤라처럼 혼자인 사람들은 차창 밖에 시선을 두었다. 덜컹덜컹 달리는 열차는 줄곧 벌판을 내달리다 가끔씩 강줄기를 따라 달리기도 했다. 늦은 오후의 햇살을 받아 강물이 현란하게 반짝였다. 담겨 오는 하늘을 결사적으로 반사하겠다는 듯. 쑤라는 문득 거울이 생각났다.

'아, 아버지가 거울도 사 준다고 했는데.'

쑤라는 아침마다 흐릿한 거울 앞에서 여드름을 짜며 투덜대던 일이 떠올랐다. 픽, 웃음이 나왔다. 그런 사소한 일마저 너무나 그립고 소중하게 느껴졌다.

화장실에 가려고 일어섰다. 화장실은 객실 칸과 칸 사이에 있었다. 쑤라가 탄 객실은 열차 뒷부분이어서 화장실이 좀 외졌다. 객실 문을 열고 나가자 중학생으로 보이는 남학생 서너 명이 모여 있었다. 쑤라를 힐끗 쳐다보았다. 줄을 섰나 싶어 다시 객실로 들어오려는데 이상한 분위기가 느껴졌다. 언뜻 보니 가운데 자그마한 동양인 남학생이 무리에 둘러싸여 있었다. 몸집이 큰 러시아 남학생들과 비교되었다. 동양인 남학생은 얼굴이 잔뜩 굳어 있었다. 동양인 남학생이 쑤라와 눈이 마주치자 곤혹스러운 표정을 지었다. 마치 감추고 싶은 순간을 들킨 것처럼. 쑤라는 돌아 나오려다 귓속을 파고드는 한 단어에 감전된 듯 걸음을 멈추었다.

'가라후토?'

가라후토는 일본 사람들이 부르는 사할린의 다른 이름이라 했던 털보 아저씨의 말이 퍼뜩 떠올랐다. 쑤라는 귀를 쫑긋 세웠다. 동양인 남학생은 러시아말과 일본말을 섞어 썼다. 일본인이었다. 갑자기 무리 가운데 가장 몸집이 큰 러시아 남학생이 일본인 남학생의 먹살을 움켜쥐었다. 남학생의 얼굴이 벌게지며 켁켁거렸다. 그 모습을 지켜보던 남학생들이 키득거렸다.

쑤라는 순간 눈에 힘이 들어갔다. 누가 봐도 비겁하게 셋이서 한 명을 괴롭히는 광경이었다. 먹살을 잡힌 남학생의 눈길과 쑤라의 눈길이 또 마주쳤다. 쑤라는 궁지에 몰린 남학생을 도와야겠다는 생각이 들었다.

"저기, 화장실 사용 안 할 거면 좀 비켜 주지."

남학생들이 일제히 고개를 돌려 쑤라를 쳐다보았다.

"헐, 이 원숭이는 또 뭐냐?"

멱살을 잡고 있던 뚱보 녀석이 쑤라를 향해 침을 뱉듯 말했다. 무례한 말투에 쑤라의 눈썹이 치켜 올라갔다.

"뭐라고 원숭이? 이 뚱보 불한당이 영 예의가 없네. 난 원숭이가 아니라 알렉산드라 세묘노비치다!"

쑤라의 유창한 러시아어와 러시아 이름에 녀석들은 놀라는 표정이었다.

"웬 참견이야. 봉변당하기 싫으면 곱게 가시지."

"패거리로 한 사람을 괴롭히는 건 좀 비겁하지 않냐?"

그러자 뚱보가 기분 나쁜 웃음을 흘리며 쑤라를 향해 다가왔다. 쑤라는 한 발짝 뒤로 물러서며 흘깃 객실 안을 살폈다. 그러나 이쪽을 보고 있는 사람은 없었다. 쑤라는 이 위기를 어떻게 모면해야 할지 다급해졌다. 궁지에 몰린 남학생을 도우려고 참견하긴 했지만 두려웠다. 그렇다고 돌아서 도망치기에는 모양이 빠지고, 소리를 지르자니 막상 사람들이 왔을 때 녀석들의 죄목이 뚜렷하지가 않았다. 뚱보가 몇 발짝 더 가까이 다가왔다. 쑤라는 안 되겠다 싶어 사람들의 시선을 끌기 위해 뒤로 넘어지며 냅다 소리를 질렀다.

"아이코, 아야!"

비명 소리에 객실 안 사람들이 한꺼번에 이쪽을 쳐다보았다. 다가오던 뚱보가 놀라 걸음을 멈추었다. 아얏! 쑤라는 발목을 붙잡고 한 번 더 비명을 질렀다.

"무슨 일이야, 다쳤어?"

맞은편에 앉아 있던 아주머니가 바닥에 주저앉은 쑤라와 남학생들을 번갈아 쳐다보았다. 여러 명의 남자아이가 여자아이 하나에게 폭력을 휘두르는 광경으로 보일 것이다. 잇따라 다른 승객들도 나왔다. 사태를 파악했는지 뚱보가 손을 저으며 변명했다.

"아, 아니에요. 에이, 재수 없어. 가자!"

녀석들은 슬금슬금 앞쪽 객실로 사라졌다. 남학생은 어리벙벙한 표정으로 바라보고 있었다. 쑤라는 천천히 일어나 자신을 쳐다보고 있는 승객들에게 고맙다고 인사를 했다. 승객들은 제자리로 돌아갔다.

"괜찮니?"

쑤라가 일본말로 물었다. 그제야 남학생이 쑤라를 빤히 쳐다보더니 인상을 찌푸렸다. 그러고는 녀석들이 사라진 객실 쪽으로 가려 했다. 뭐야, 저 자식. 쑤라는 어이가 없었다.

"잠깐!"

무시를 당한 것 같은 기분에 쑤라는 남학생을 불러 세웠다. 남학생이 여전히 기분 나쁜 표정을 한 채 돌아보았다.

"그 표정과 태도 뭐지? 고맙다는 말을 듣자고 한 건 아니지만, 구해 줬으면 고맙다고 한마디 해야 하는 거 아니니?"

남학생이 되레 어이없다는 듯 말했다.

"같은 반 애들이야."

"뭐? 같은 반?"

쑤라는 뜻밖의 말에 할 말을 잃었다. 같은 반 아이들이 왜? 하고 말하려다가 입을 다물었다. 이내 짐작이 갔다. 학교에 저런 녀석들이 꼭 있었다. 자기들과 피부색이 다르다는 이유로 재미 삼아 괴롭히는 못된 애들. 쑤라도 숱하게 겪었던 일이다. 처음에는 기를 쓰고 싸웠지만 쳐부수어도 끝도 없이 달려드는 적군처럼 그들의 괴롭힘은 끝날 줄 몰랐다. 그러다 보면 어느 순간에 기가 죽고 학교에 가기도 두려워졌다. 어느 날 아버지가 눈치챘는지 쑤라를 앉혀 놓고 조곤조곤 일렀다.

'기죽지 마라. 피부색이 다른 게 우열의 표시는 아니야. 어디서건 실력을 갖추면 누구도 함부로 하지 못한다. 자기가 속한 곳에서 실력을 갖추면 돼. 그러니까 기죽지 말고 고개를 들어.'

쑤라는 무시당하지 않기 위해 방법을 찾았다. 공부를 택했다. 열심히 노력하니 성적이 좋아졌다. 아버지의 말이 맞았는지 아이들은 쑤라에게 함부로 하지 않았다. 졸업식 날 그 소동이 있기 전까지는.

"이해해. 이방인으로서 당하는……"

쑤라는 이해한다는 듯 고개를 끄덕였다.

"뭐야, 네가 뭘 안다고 참견이야?"

남학생이 갈매기 눈썹을 치뜨며 신경질을 부렸다.

"너 참 예의가 없구나!"

쑤라의 일침에 남학생이 잠깐 주춤하더니 더 이상 말을 섞기 싫다는 듯 돌아섰다.

"잠깐, 아까 가라후토라고 말하는 것 같던데, 가라후토를 아니? 사할린을 일본에서는 그렇게 부른다던데."

남학생이 획 돌아보더니 눈을 부릅뜨며 쏘아붙였다.

"가라후토는 우리 일본령이야!"

의외의 날 선 반응에 쑤라는 당황해서 두 손을 내저었다.

"아니, 내 말은……."

쑤라의 말이 채 끝나기도 전에 남학생은 성큼성큼 걸어가 버렸다. 조금 전 러시아 남학생들에게 당하던 모습과는 아주 딴판이었다.

'뭐야 저 자신감은? 성질 한번 되게 고약하네. 사할린이든 가라후토든 같은 곳인데, 그게 뭐 어쨌다고 눈에 쌍심지를 켜고 난리람? 내가 카레이스키라고 무시하는 거 아냐?'

쑤라는 까칠하고 무례하기 짝이 없는 녀석의 뒤통수에 눈총을 쏘았다. 생각 같아서는 쫓아가 그의 무례함을 따지고 싶었지만 참았다. 다시 볼 일도 없을 테니 실랑이할 필요도 없었다.

자리로 돌아와서도 계속 녀석이 머릿속을 맴돌았다. 왜 자기 나라에서 학교를 다니지 않고 남의 나라에 와서 학교를 다니면서 그 수모를 당하지? 그러다 문득 자기 나라, 남의 나라라는 단어가 목에 걸린 가시처럼 거북했다. 지금까지 한 번도 그런 생각을 해 본 적이 없었는데, 아버지가 잡혀간 뒤로는 이따금 하게 됐다. 아니, 어쩌면 학교에 다니면서부터 시작되었는지 모른다. 짓궂은 패거리가 동양인이라고 놀리고 시비를 걸어올 때부터 이미 느낀 감정이었을 것이다. 아버지는 쑤라가 입학하기 직전에 러시아 국적을 얻었다고 했다.

'아버지가 나 때문에 러시아에 귀화한 걸까?'

자식의 교육을 위해 귀화한 거라면, 왜 뒤에서 조선의 독립을 위해 그런 위험한 일을 한 걸까. 쑤라는 아버지가 이해되지 않았다.

아버지는 조선을 떠나 중국과 러시아를 떠돌면서 살았다. 그런 과정에서 이방인으로서 설움도 많이 당했다. 그럴수록 아버지는 악착같이 중국어, 러시아어를 배워 통역관으로서 실력을 갖추었다. 대부분의 동포가 거친 현장에서 노무자로 살아가는 것에 비하면 아버지는 성공한 사람이었다. 아버지 자신도 러시아 철도국 소속 통역관이 된 걸 자랑스럽게 생각했다. 쑤라에게도 러시아어, 중국어, 일본어를 열심히 가르쳤다. 그러나 막상 쑤라가 아버지처럼 통역관이 되고 싶다고 했을 땐 반대했다. 아버지는 쑤라가 선생님이 되기를 바랐다.

'아버지는 내가 어떻게 살기를 바란 걸까. 러시아인으로? 아니면 카레이스키로?'

덜컹, 덜컹…… 철그럭, 철그럭……. 일정하게 들리는 열차의 소음이 안정감을 주었는지 깜박 잠이 들었다. 소란스러운 기적에 눈을 떴다. 중간 기착지에서 내릴 사람들이 준비하고 있었다. 부챗살 눈웃음 아주머니도 가방을 챙겨 어깨에 멨다.

"학생, 조심해서 가요."

아주머니가 쑤라에게 덕담을 건네고 내렸다. 객실 안에 승객은 얼마 남지 않았다. 종착역까지 가는 사람은 많지 않은 듯했다. 열차는 숨을 잠시 고른 뒤 다시 달리기 시작했다.

드디어 열차는 대륙의 끝인 바니노에 와서 남은 숨을 다 풀어놓았다. 차창 밖 바다를 배경으로 보이는 바니노 항구의 풍경은 무척 낯설었다.

열차에서 내리자 얼굴을 벨 것 같은 칼바람이 훅, 달려들었다.

바니노 항구

'저 바다 건너에 아버지가 계셔!'

쑤라는 가슴이 설렜다. 그런 쑤라의 마음을 아는 듯 갈매기들이 끼룩끼룩 커다란 원을 그리며 날았다. 바니노 항구에는 여러 척의 크고 작은 배들이 정박되어 있었다. 커다랗고 무거운 배가 시퍼런 물결이 넘실대는 바다 위를 가라앉지 않고 떠간다는 것이 신기하기만 했다. 저 멀리 보이는 수평선 너머에 또 다른 땅이 있다는 것도 신기했다.

쑤라는 이렇게 가까이서 바다를 본 게 처음이다. 물론 배도 타본 적이 없다. 우랄 벌목장에서 쿵쿵 쓰러뜨린 아름드리나무들을 바다로 띄워 보낸다는 말을 듣기는 했지만 바다와는 인연이 없었다.

쑤라는 모자를 단단히 눌러쓰고 바다를 향해 가슴을 활짝 폈다. 눈을 가늘게 뜨고 수평선을 찬찬히 살펴보았다. 섬은 보이지 않았다. 아버지가 있는 섬은 얼마나 멀까.

사할린섬과 러시아 본토 사이 거리가 가장 가까운 곳은 바다가 얼어붙으면 섬사람들이 썰매를 타거나 걸어서 섬과 본토를 오가기도 했다고 한다. 저렇듯 무섭게 출렁이는 바다가 얼어붙으려면 얼마나 매서운 추위가 온다는 걸까.

쑤라는 배편을 알아보기 위해 여객 사무실을 찾았다. 부두 한쪽에 자리한 사무실은 쉽게 눈에 띄었다. 쑤라는 문을 열고 들어갔다. 직원들이 쑤라를 보더니 짧은 순간 서로 눈빛을 주고받았다. 동양인을 대하는 러시아인들의 태도는 어딜 가나 한결같다. 쑤라는 어깨를 으쓱하고는 유창한 러시아어로 물었다.

"실례합니다. 저는 남사할린, 그러니까 가라후토에 있는 마오카 항으로 가는 배편을 알고 싶어 왔습니다. 언제쯤 있나요?"

직원들은 또다시 서로 쳐다보더니 어깨를 으쓱했다.

'뭐야, 왜 저러는 거지?'

못 알아들었을 리는 없지만 쑤라는 다시 물었다. 그래도 반응은 똑같았다. 그때 한 여직원이 쑤라에게 다가왔다.

"여기선 마오카로 가는 배가 없습니다. 가라후토는 지금 러시아령이 아니어서 정식 루트가 없어요."

"네?"

순간 쑤라는 머리를 한 대 얻어맞은 것 같았다. 머릿속이 윙윙거렸다. 발밑이 아득한 절벽 같았다.

"가라후토에 가야 하는데……."

넋 나간 사람처럼 중얼거리는 쑤라를 보고 여직원이 딱해 보였는지 의자를 권했다. 쑤라는 의자에 몸을 부리고 정신을 가다듬었다. 그리고 여직원에게 차근차근 자초지종을 물었다. 그러나 결과는 참담했다. 북사할린은 러시아령이어서 이곳에서 오가는 정기선이 있지만, 남사할린은 일본령이어서 정기선이 없다는 거였다. 코를 쑥 빠뜨린 채 앉아 있는 쑤라에게 그나마 실낱같은 희망의 말을 전해 주었다.

"필요에 따라, 비공식적으로 왕래하는 화물선이나 상선이 있긴 해요. 하지만 언제 어떤 배가 가는지는 정해지지 않아 지금은 알수가 없어요."

쑤라는 여객 사무실을 나와 터덜터덜 바닷가를 걸었다. 아무생각 없이 그저 발길이 닿는 대로 걸었다. 철썩철썩, 부서지는 파도 소리에 바니노 항구가 들썩거렸다. 정박되어 있는 크고 작은 배들이 파도의 여운에 들썩거렸다. 저 많은 배들 가운데 가라후토로 가는 배가 없다니 야속할 따름이었다. 한인촌을 떠나올 때 털보 아저씨가 걱정하던 문제가 현실이 되어 버렸다. 쑤라는 설마 배편이 없으리라고는 상상도 하지 못했다.

'휴, 어떡해야 하나.'

쑤라는 정박된 배들을 바라보며 한숨만 내쉬었다. 배마다 일일이 찾아가 가라후토로 가느냐고 물어볼까. 왜 거길 가려고 하는지 물으면 뭐라고 대답할까. 아버지를 찾아간다고 하면 아버지에 대해 조사를 할까. 그러면 안 되는데……. 러시아에서 아버지는 기밀을 누설한 밀정 취급을 받고 있으니 아버지를 드러내서는 안 된다. 수년 전, 러시아는 일본의 밀정이 될 수 있다는 이유로 연해주에 사는 카레이스키들을 중앙아시아로 강제로 이주시켰다.

쑤라는 쪼그리고 앉아 생각에 빠져들었다. 뱃속에서 꼬르륵 소리가 났다. 미욱한 마음과는 달리 몸은 정확히 제 생각을 표현한다. 그러고 보니 끼니때가 한참 지났다. 어쩌면 속이 비어 좋은 생각이 떠오르지 않는지도 모른다. 우선 배를 채우고 다시 생각하기로 하고, 조금 전에 여객 사무실에서 나오다 본 식당으로 걸음을 옮겼다.

늦은 점심때라 식당은 한가했다. 음식을 내온 뒤 밖을 내다보고 있던 주인아주머니가 혼잣말로 중얼거렸다.

"아직도 해결을 못 했나 보네. 에그, 답답해. 사람 사는 건 다 똑같을 텐데 어째 말이 저렇게 다를까 몰라. 통 알아들을 수가 없으니. 통역해 줄 사람도 없고. 쯧쯧."

쑤라는 밥을 먹다가 '통역'이라는 말에 귀가 쫑긋해져 아주머니를 바라보았다. 아주머니는 창밖 어딘가에 눈을 박고 있었다.

"무슨 일이에요?"

"으응, 아까 중국인 두 명이 밥을 먹으러 왔는데, 어찌어찌 손짓 발짓 해서 연어구이를 먹었어. 근데 뭘 자꾸 물어보는데 통 알아들을 수가 있어야지. 표정으로 보아 뭔가 다급한 것 같은데 말이야. 하도 답답해서 내가 사무실로 데려다줬어. 그래도 거기 있는 직원들은 좀 나으려나 싶어서. 근데 아직도 저러고 있는 걸 보니 해결이 안 됐나 봐. 세상에 뭔 말이 그렇게 생겨 먹었는지, 원."

쑤라는 창가로 가서 아주머니가 가리키는 곳을 바라보았다.

"사무실에 통역관이 없어요?"

"있었는데, 얼마 전에 사고로 죽었어. 그 뒤로 후임이 올 거란 소문은 있었는데 아직이야."

쑤라는 중국말을 알아들을 수 있지만 자기 코도 석 자라 참견하고 싶지 않았다. 가라후토로 가는 배를 어떻게 찾아야 할지 걱정이 태산이었다. 자리로 돌아와 마저 먹고 있는데, 아주머니가 다시 말했다.

"부두에 못 보던 화물선이 들어와 있던데, 저 중국인들이 타고 온 배인가 보네."

"화물선요?"

쑤라는 벌떡 일어나 창가로 갔다. 갑자기 온몸에 전율이 일었다.

"어디로 가는 화물선이에요?"

"그야 나도 모르지."

달라진 쑤라의 태도에 아주머니가 의아하게 쳐다보았다.

"제가 중국말을 조금 할 줄 알거든요."

"그래? 정말이야?"

"네."

"잘됐네. 그럼 내가 얼른 가서 저 사람들 데리고 올 테니까 좀 도와줘."

아주머니는 잽싸게 가게를 튀어 나갔다. 모른 체해도 그만일 텐데 도와주려고 안달인 걸 보니 좋은 사람이 분명하다고 생각했다.

잠시 후, 아주머니가 중국인 남자 둘을 데리고 들어왔다. 중국인들은 답답해 죽겠다는 듯 추운데도 겉옷을 풀어헤친 모습이었다. 화가 나 보이는 중국인이 식탁에 놓인 물 주전자를 들고 벌컥벌컥 들이켰다.

"항만 사무실에 통역할 사람 하나 없다니."

"그러게나 말야. 그러면서 통행세는 꼬박꼬박 받지."

쑤라는 두 남자가 하는 말을 똑똑히 알아들었다.

"새 통역관이 오기로 되어 있는데, 시간이 좀 걸리나 봐요. 무엇을 도와드릴까요?"

두 남자는 쑤라의 유창한 중국어에 얼굴이 확 펴졌다.

"오, 우리말을 알아듣는군. 타타르 해협을 통과하기 위해 서류 절차를 밟아야 하는데 도와줄 수 있겠소? 사례는 충분히 하지."

"네. 도와드릴게요."

쑤라는 그들과 함께 항만 사무실로 가서 서류 작성하는 걸 도와주었다. 중국인들은 쑤라의 유창한 러시아어에 놀라고, 사무실 직원들은 쑤라의 유창한 중국어에 놀랐다. 서류 작성을 마친 중국인이 그제야 느긋하게 쑤라에게 물었다.

"난 저 배의 선장이오. 하마터면 제시간에 도착을 못 해 거래처에 위약금을 물 뻔했는데 그쪽 덕분에 어려움을 해결했소. 감사하오. 그쪽은?"

"저는 알렉산드라 세묘노비치입니다."

"학생이오?"

쑤라의 큰 키에 비해 어려 보였는지 선장이 물었다.

"아닙니다. 지금은 사정이 있어서, 아버지를 찾아가는 길입니다."

"어쨌든 고맙소. 그리고 이건."

선장이 봉투 하나를 내밀었다.

"아닙니다. 도와드려서 저도 기쁩니다."

쑤라는 봉투를 정중하게 밀어냈다. 선장의 눈이 커지며 의아해했다.

"대신 부탁이 있습니다. 아까 서류 작성할 때 보니까 가라후토를 경유하더군요. 가라후토까지 저를 태워 주실 수 있을까요? 부탁드립니다."

"그건 좀 곤란한데."

뜻밖의 부탁에 선장은 난처한 표정을 지었다.

"얼마 전에 아버지가 가라후토로 가셨는데, 위독하시다는 전갈을 받았어요. 도와주세요. 급히 서두르느라 배편을 미처 알아

보지 못하고 왔습니다. 부탁드립니다, 선장님."

쑤라는 거짓말까지 해 가며 간곡하게 부탁했다.

"화물선에 탈 수 있는 인원이 다 찼고, 더구나 여자는……."

선장은 계속 어렵다는 빛을 보였고, 쑤라는 계속 간절하게 부탁했다. 그때 두 사람 사이에 또 뭔가 해결되지 못한 것이 있음을 알아차린 식당 아주머니가 불쑥 끼어들었다.

"아니 왜 그래? 무슨 문제가 또 있어?"

쑤라는 아주머니께 사연을 설명했다. 그러자 다짜고짜 성을 내며 말도 통하지 않는 중국인들을 향해 삿대질을 했다.

"아니 선장님, 그러지 말고 좀 태워다 줘요. 아버지가 위독하다는데. 이 처녀 아니었으면 선장님 배도 못 갈 뻔했잖아요. 못 가면 크게 손해를 볼 뻔했다면서요!"

아주머니의 열변에 무슨 소리인지 짐작이 갔는지 선장이 곁에 있던 선원과 귓속말을 주고받았다. 역시 오지랖 넓은 식당 아주머니는 좋은 사람이었다. 쑤라는 아주머니를 애절한 눈빛으로 쳐다보았다.

"참, 처녀가 배 주방 일을 거들어 주면 되겠네. 밥할 줄은 알지?"

쑤라는 얼결에 고개를 세차게 끄덕였다. 그러고는 곧장 선장에게 아주머니의 말을 전했다.

"선장님, 말썽나지 않게 조심할게요. 주방 일도 도울게요. 저 밥도 할 줄 알아요."

선장이 선원과 다시 눈빛을 나누더니 고개를 끄덕였다.

"좋소. 두 곳을 들렀다 가야 하니 가라후토엔 닷새 뒤에나 도착할 거요."

"아, 고맙습니다. 선장님, 정말 고맙습니다!"

쑤라는 어렵사리 허락받고 가슴을 쓸어내렸다.

검은 섬, 가라후토

가라후토의 하늘은 눈이라도 내릴 것처럼 잔뜩 웅크려 있었다. 쑤라는 하늘을 쳐다보며 입술을 지그시 깨물었다.

'드디어 가라후토에 왔어. 빨리 아버지를 찾아야 해.'

가라후토의 마오카 항구는 생각보다 컸다. 항구를 마주 보는 언덕 위에 마을이 기다랗게 펼쳐져 있었다. 촘촘히 박힌 지붕들은 낮고 소박했지만 안정감 있게 보였다.

쑤라는 가방 깊숙이에서 털보 아저씨가 써 준 편지를 꺼내 다시 확인했다.

'가와카미 탄광촌, 기수대, 나이 41세, 고향 경상북도 경산.'

겉봉에 쓰인 털보 아저씨의 큼지막한 글씨가 새삼 애틋해서 쑤라는 눈물이 핑 돌았다. 이제 가와카미 탄광촌을 찾아가야 한다. 가와카미 탄광촌은 이 섬의 어디쯤에 붙어 있는 곳일까. 쑤라는 항만 사무실 문에 붙은 가라후토 전체 지도를 살펴보았다. 가와카미는 마오카 한참 아래에 있는 지역이었다. 사무실 안에서 업무를 보고 있는 일본인들을 보자 쑤라는 이곳이 러시아가 아닌 일본이라는 것이 실감 났다. 한 직원에게 가와카미 탄광촌으로 가는 방법을 묻자 저쪽에 있던 군인이 쑤라에게 다가왔다. 의심에 찬 눈빛으로 다가오는 군인을 보자 쑤라는 등골이 오싹했다.

"가와카미 탄광촌에는 왜 가지?"

쑤라는 긴장하지 않으려고 다리에 힘을 팍 주었다.

"삼촌이 거기 사는데, 오라는 전갈을 받았어요."

"어디서 오는 건가?"

쑤라는 잠깐 대답을 망설였다. 러시아에서 왔다고 하면 안 될 것 같았다. 그렇다고 조선에서 왔다는 말도 선뜻 나오지 않았다. 조선을 잘 알지 못하니 지명을 댈 수도 없었다. 일본 군인이 쑤라를 한 바퀴 돌며 위아래를 훑어 내렸다. 좀 커 보이는 가방은 낡아서 시선을 끌지 못했는지 다시 얼굴을 뚫어지게 바라보았다.

"조, 조선에서 왔어요."

쑤라는 자기도 모르게 조선에서 왔다고 말해 버렸다. 망설이는 순간에 털보 아저씨 말이 생각났기 때문이다. 가와카미 탄광에서 일하는 아저씨의 쌍둥이 동생은 가족을 불러들여 함께 살고 있다고 했다. 일본은 2년 기한으로 동원해 온 조선인 탄부들을 계속 잡아 두려고 그 가족들을 불러들이게 한다고 했다.

쑤라의 대답에 의심을 거둔 군인은 다시 제자리로 돌아갔다. 직원이 열차를 타고 도요하라(러시아 이름은 유즈노사할린스크)에서 내려, 다시 가와카미 탄광촌으로 가는 차를 타면 된다고 일러 주었다. 가라후토의 주도主都인 도요하라로 가기 위해 기차역을 찾아야 했다. 쑤라는 항만 사무실을 나와 큰 거리로 들어섰다.

거리는 항만 사무실의 살벌한 분위기와는 달리 자유로워 보였다. 상점들도 많고 오가는 사람들도 많았다. 일본 글자로 쓰인 상점 간판들과 기모노를 입은 사람들을 보니 이곳이 일본이라는 사실이 실감 났다. 나직나직한 건물들과 작은 키의 동양인들, 러시아에서 태어나 러시아에서만 살아온 쑤라에겐 조금은 낯설게 다가왔다. 그러나 피부색이 같아 눈길을 끌지 않아 마음은 편했다. 문득 털보 아저씨의 말이 떠올라 쑤라는 피식 웃음이 나왔다.

'가라후토로 가는 건 날 잡아 드쇼, 하고 제 발로 호랑이 아가리 속으로 들어가는 짓이야.'

쑤라의 가라후토행을 극구 반대하면서 한 말이었다. 그러나 쑤라는 아버지의 행방을 모른 채 숨어 살아야 하는 하바롭스크의 살얼음판 같은 세상이나 행여 호랑이 아가리 속일지도 모르는 가라후토가 별반 다를 게 없다고 생각했다.

'아버지는 어디에 계실까.'

큰길에 서서 역으로 가는 길을 찾고 있는데, 저만치서 기모노를 잘 차려입은 중년 여자가 종종걸음으로 걸어오고 있었다.

"저기 말씀 좀 묻겠습니다. 도요하라로 가는 열차를 타려면 어디로 가야 하나요?"

"하이, 도요하라?"

기모노가 톤이 높은 목소리로 되물었다.

"네. 도요하라요."

"나도 도요하라로 가는 길이에요. 나와 함께 가요."

기모노가 매우 친절하게 말했다.

"도요하라에 사세요?"

기모노가 바짝 붙어 서면서 물었다.

"아니, 거기서 더 가야 해요. 가와카미 탄광촌까지."

"가와카미?"

기모노의 목소리가 더 높아졌다.

"그곳을 아세요?"

"네. 잘 알지요. 근데 거기 사는 사람 같진 않은데?"

기모노가 쑤라를 훑어보면서 고개를 갸웃했다.

"아, 네. 삼촌을 찾아가는 길이에요."

어느새 머릿속에 털보 아저씨 동생이 삼촌으로 새겨졌는지 삼촌이라는 말이 자연스럽게 나왔다.

"그럼 도요하라까지 동무하며 가요. 안 그래도 심심할까 걱정했는데. 잘됐네요, 호호호."

기모노는 처음 보는 쑤라에게 마치 오래 알아 온 사이라도 되는 양 수다를 떨었다.

"몇 살이에요. 열다섯?"

"네."

"어머나? 어림잡아 찍었는데 우리 아들하고 동갑이네."

역까지 걷는 동안 기모노는 이런저런 이야기를 쉴 새 없이 했다. 말하면서도 지나치는 행인에게 살포시 웃어 주기까지 했다.

열차에 막 오를 때 뒤에서 누가 기모노를 불렀다. 기모노는 지인으로 보이는 사람과 요란하게 대화를 나누더니 따라나섰다. 쑤라에게 함께 동행하자던 말은 까마득히 잊은 모양이었다. 쑤라는 다행이다 싶었다. 자꾸 이것저것 묻는 바람에 거짓으로 대답하다 보니 어느 순간에 어긋나는 대답을 하게 될까 봐 조심스러웠다. 쑤라는 기모노에게 얼른 목 인사를 하고 다른 칸으로 갔다.

도요하라에 도착한 뒤 또다시 과한 이별 인사를 하고 헤어졌다.

"인연이 되면 다시 만나요."

"네. 안녕히 가세요."

기모노가 인사치레로 한 말이겠지만 쑤라는 다시 만나고 싶지 않았다.

도요하라는 가라후토섬의 주도답게 길도 넓고 건물들도 다양했다. 역에서 한참 걸어 다시 정류장을 찾아왔다. 가와카미 탄광촌으로 가는 차는 몇 시간 만에 왔다. 낡은 트럭을 개조한, 트럭도 버스도 아닌 차였다. 차는 몇 사람을 승객으로 태우고 굉음을 내며 달렸다.

도요하라에서 멀어질수록 차창 밖으로 보이는 풍경은 무채색이 되었다. 길도 울퉁불퉁 거칠었다. 한참을 달리니 속이 메스꺼웠다. 멀미가 날 즈음 가와카미라는 표지판이 보였다. 표지판이 가리키는 길은 산모퉁이를 돌며 끊어질 듯 끊어질 듯 이어지고 있었다. 이따금 보이는 집들은 열악하기 짝이 없었다. 얼기설기 판자로 지붕을 얹은 집들은 마치 움막처럼 보였다. 여기저기 잘린 산허리에는 거대한 굴뚝들이 시커먼 연기를 피워 올리고 있었다. 굴뚝에는 ○○제지공장이라고 쓰여 있었다. 그곳에서 한참 더 달리자 산등성이 한쪽 휑하게 깎인 자리에 시커먼 석탄이 산처럼 쌓여 있는 탄광이 나타났다. 어디를 보나 검은색뿐이었다. 그 아래쪽으로 지붕이 기다란 창고 같은 건물들이 군데군데 엎드려 있었다. 길옆으로 계곡물이 흐르고 있었는데, 물이 검은 색깔이었다. 주변 산들 가운데 수많은 탄광이 있다는 증거였다. 산길을 벗어나자 마을들이 나타났다. 작은 마을도 있고, 제법 상점이 많은 마을도 있었다. 한 무리의 탄부가 걸어가고 있었다. 똑같은 옷차림에 똑같이 칠흑 같은 얼굴을 하고 있었다. 두 눈만 빛났다.

'이 탄광 어딘가에 아버지도 있을까.'

쑤라는 산기슭의 탄광을 쳐다보며 아버지를 생각했다.

마침내 낡은 차는 어딘가에 멈춰 섰다. 쑤라는 차에서 내려 주변을 훑어보았다. 따닥따닥 붙어 엎드린 지붕들 사이로 손금처럼 길이 나 있었다. 그 길에 자전거가 다니고 수레가 다녔다. 아이들이 뛰놀고 어미들의 악다구니가 들렸다. 멀리서 볼 때는 마치 잿빛으로 박제된 마을 같았는데, 마을 안에서는 뜨거운 삶이 팔딱팔딱 뛰고 있었다. 가와카미 탄광촌은 마오카 항구나 도요하라에서 본 풍경과는 전혀 달랐다.

'털보 아저씨 동생은 어디에 살고 있을까?'

털보 아저씨 이름은 기용대, 쌍둥이 동생 이름은 기수대라고 했다. 수대 아저씨는 이곳에서 4년을 살았다고 한다. 그리 크지 않은 마을이니 사람들에게 물어보면 어렵지 않게 찾을 것 같았다. 그동안 어디로 이사를 가지 않았다면.

주변을 살피던 쑤라는 건너편에 '예분이네'라고 쓰인 조그만 식당을 발견했다. 대부분 일본 이름인데 조선 이름의 식당이라 마음이 끌렸다. 쑤라는 '예분이네' 문을 열고 들어갔다. 가게 안에는 손님이 하나도 없었다. 주인도 보이지 않았다.

"실례합니다. 계세요?"

아무 반응이 없었다. 쑤라는 더 큰 소리로 불렀다. 마찬가지였다. 주인이 잠시 가게를 비운 모양이라 생각하고 나가려는데, 주방에서 움직임이 느껴졌다. 다가가 보니 웬 여자애가 주방 한구석에 숨어 있었다. 쑤라는 깜짝 놀라 하마터면 뒤로 넘어질 뻔했다. 그런데 갑자기 여자애가 비명을 질러 댔다.

"으아악! 으악!"

"자, 잠깐만. 왜 그래?"

쑤라가 다가가자 여자애는 새파랗게 질려 부들부들 떨었다. 엄청난 공포에 휩싸인 눈빛이었다. 쑤라는 가슴이 쿵 내려앉는 것 같았다.

"가, 저리 가. 저리 가란 말이야!"

여자애는 눈을 질끈 감은 채 소리쳤다.

"아, 알았어. 갈게."

식당 문이 벌컥 열리며 한 아주머니가 뛰어 들어왔다. 아주머니는 여자애를 꼭 끌어안고 주문을 외듯 같은 말을 되풀이했다.

"괜찮아. 괜찮아. 엄마 왔어. 괜찮아."

여자애는 엄마 품에서 서서히 진정되었다. 그제야 아주머니가 뻘쭘하게 서 있는 쑤라를 쳐다보았다.

"저, 저는 그냥…… 그냥"

쑤라는 이 상황을 어떻게 설명해야 좋을지 몰라 더듬거렸다.

"괜찮아요. 우리 애가 낯선 사람을 보면 좀 그래요. 뭐 드실라우?"

"아뇨. 사람을 좀 찾고 있는데, 물어보려고 들어왔다가……."

손님인 줄 알았다가 실망하는 표정이었지만 이내 밝은 목소리로 물었다.

"누굴 찾는데?"

"기수대라는 분을 찾고 있는데, 혹시 어디 사는지 아세요?"

"그 사람은 무슨 일로?"

경계하는 눈빛으로 쑤라를 쳐다보았다. 아저씨를 알고 있는 눈치였다.

"그분을 아세요? 제 아버지와 친분이 있는 분이세요. 그분을 꼭 만나야 할 일이 있어서요."

쑤라의 예의 바른 태도에 안심이 되었는지 아주머니가 앉으라며 건너편 의자를 가리켰다. 쑤라는 의자에 앉았다. 맞은편에 앉은 여자애와 눈이 마주치자 여자애는 얼른 다른 곳으로 눈길을 피했다.

"제대로 찾아왔네."

"네?"

"여기가 바로 그 양반 집이에요. 그런데 우리 집 양반이 그쪽 아버지와 가까이 지냈다면 언제 적일까? 조선에서? 아니면……."

쑤라는 잠시 당황했다. 가족과 함께 살고 있다는 건 알았지만 이렇게 큰 딸이 있으리라고는 생각지 못했다.

"털보 아저씨, 아니 기용대 아저씨가…… 알려 줬어요."

"엉? 우리 예분이 큰아버지를 어찌 알아? 지금 러시아에 있다고 들었는데, 그럼 거기서 예까지 왔어?"

"……네."

아주머니의 눈이 휘둥그레졌다.

"누구랑?"

그러면서 혹시 동행이 있나 문 쪽을 바라보았다. 쑤라가 고개를 저었다.

"혼자?"

"네."

"그 먼 곳에서 찾아온 걸 보니 무슨 일이 있나 보네. 좀 기다려 봐요. 탄광에 일 갔는데 조금 있으면 교대할 시간이니까."

아주머니가 따뜻한 물과 밥을 내왔다.

"쯧쯧, 뭔 일인지 모르지만 혼자 여기까지 오다니 얼마나 고생했을꼬. 배는 또 얼마나 곯았누."

아주머니는 쑤라의 흐트러진 머리카락을 쓸어 올려 주며 혀를 끌끌 찼다. 그 따스한 손길에 쑤라는 울컥했다. 흩어지려는 물을 꽉 움켜쥔 얼음처럼 단단히 여몄던 마음이 스르르 녹는 것 같았다. 쑤라는 글썽이는 눈으로 미소를 지어 보였다. 고인 눈물 때문인지 아주머니와 예분이 물결처럼 일렁였다.

"나이는 몇 살이고?"

"열다섯이에요."

"그래? 우리 예분이랑 동갑이네. 키가 커서 예분이보다 나이가 많은 줄 알았네."

예분은 엄마 뒤에 숨어 흘낏흘낏 쑤라를 훔쳐보았다. 제 엄마와 앉아 이야기하는 걸 보고 경계를 푼 것 같았다. 둥글한 얼굴형이 엄마를 많이 닮았다. 귀염성 있는 얼굴이었다. 아주머니는 습관적으로 예분의 등을 쓸어 주고 손을 만져 주며 다정한 눈으로 바라보았다. 철옹성 같은 사랑의 울타리 안에서 예분은 공주처럼 빛나 보였다.

'엄마는 저런 존재구나. 넌 참 좋겠다. 다정한 엄마가 있으니.'

갑자기 목울대까지 올라온 울음덩이를 쑤라는 밥과 함께 꿀꺽 삼켰다. 아버지가 눈물 나게 보고 싶었다.

"무슨 일이 있었나요?"

쑤라가 눈으로 예분을 가리키며 아주머니께 물었다.

"작년에 큰 충격을 받은 일이 있어서 그래. 많이 좋아졌는데, 아직 낯선 사람을 보면 도지네."

아주머니가 예분의 등을 쓸어내리며 옷소매로 눈물을 찍어 냈다. 뭔가 가슴 아픈 사연이 있는 모양이었다. 쑤라는 미안한 마음이 들었다. 딸이 많이 힘들어 보이는데 아저씨에게 도움을 받아야 하는 형편이니 염치가 없었다. 털보 아저씨는 자신의 동생이 편지를 보면 발 벗고 나서 도와줄 거라고 했지만, 이런 상황을 모르고 한 말일 터였다.

가게 문이 열리며 한 남자가 들어섰다.

"이제 오세요? 당신 찾아온 손님이 있어요."

순간 쑤라는 저도 모르게 벌떡 일어났다. 털보 아저씨였다. 아니, 털보 아저씨와 똑같이 생긴 수대 아저씨였다. 다리를 절뚝이는 것만 다를 뿐.

아주머니가 아저씨의 가방을 받으며 쑤라를 가리켰다.

"나를?"

아저씨가 석상처럼 서 있는 쑤라를 보며 다가왔다.

"날 찾아왔다고?"

아저씨는 쑤라를 알아보지 못했다.

"저는 빅토르 세묘노비치 통역관의 딸 쑤라입니다."

"오, 세상에! 쑤라, 네가 정말 쑤라란 말이냐? 몰라보게 많이 컸구나. 아가씨가 다 됐어, 하하하."

아저씨가 쑤라를 끌어안고 머리를 흩트렸다. 순간 쑤라도 아저씨의 이런 포옹이 익숙하다는 것을 기억해 냈다.

"아, 이제 아저씨가 기억나요. 그 다리."

쑤라는 아저씨의 절뚝이는 다리를 바라보았다.

"그래. 거기서 다리병신이 됐지. 이런 몸으로는 벌목장에서 더 버틸 수가 없어서 떠나왔어."

아저씨는 우랄 벌목장에서 일할 때 굴러가는 나무에 깔려 다리를 다쳤다. 우랄의 나무들은 그 크기가 몇 아름씩 되어 벌목하는 데 힘들지만, 임금이 다른 곳보다 좋아 조선인들과 중국인들이 많이 몰려들었다. 벌목 현장에는 나무를 베는 벌목꾼, 베어 놓은 나무를 밑으로 굴려 내리는 나무몰이꾼, 강물에 나무를 띄우는 물꾼이 있었다. 수대 아저씨는 나무몰이꾼이었다. 벌목장에서 조선인 노무자 대표였던 털보 아저씨와 동생인 수대 아저씨는 통역관인 아버지와 의형제를 맺고 막역한 사이로 지냈다.

어느 날, 신참의 실수로 사고가 일어났다. 나무몰이꾼은 여러 명이 한 몸처럼 일사불란하게 움직여야 하는데, 그만 신참이 신호를 잘못 듣고 먼저 나무를 굴렸다. 아차 싶었지만 이미 나무는 아래서 점검을 하고 있던 수대 아저씨를 덮친 뒤였다. 사람들은 목숨을 잃지 않은 것만도 천만다행이라고 했지만, 아저씨는 더이상 벌목장에서 일할 수가 없었다.

"근데 네가 여기까지 웬일이냐? 무슨 일이 있구나?"

그제야 아저씨는 만남의 기쁨을 가라앉히고 물었다.

쑤라는 대답을 하지 못하고 고개를 숙였다. 눈물이 핑 돌았다. 쑤라의 그런 모습을 보고 심상찮다 생각했는지 아저씨가 쑤라를 데리고 가게 밖으로 나왔다.

쑤라는 가방 속에서 털보 아저씨의 편지를 꺼내 건넸다.

"용대 아저씨가 자세한 내용을 편지에 써 놓았을 거예요."

아저씨는 편지를 찬찬히 읽어 내려갔다. 아저씨의 표정이 변화무쌍했다. 눈이 휘둥그레졌다가 눈썹이 꿈틀거렸다가 이 쪽바리 놈들, 하면서 이를 앙다물기도 했다.

"큰일을 겪었구나. 어린 네가 고생이 많았다. 혼자서 여기까지 오다니 용기가 대단하구나. 역시 네 아버지 딸이다."

아저씨는 쑤라를 대견한 듯 따뜻한 눈빛으로 바라보았다.

"아저씨도 우리 아버지가 대단한 일을 했다고 생각하세요?"

쑤라는 아직도 아버지가 한 일에 대해 박수를 칠 수가 없었다. 머리로는 이해되었지만 원망스럽고 섭섭한 마음은 어쩔 수 없었다.

"아무나 할 수 있는 일은 아니지."

"가족은 생각하지 않고 자신의 신념만을 위해서 사는 게 대단한 일인가요?"

"왜 네 걱정이 안 되었겠냐. 네가 아직은 아버지를 이해할 수 없을 게다. 살다 보면 지금 하지 않으면 안 되는 일이 있단다. 아버지도 그런 생각에……."

"빼앗긴 나라를 다시 찾는 거요? 그걸 왜 아버지가 해야 하나요? 아버지는 러시아에 귀화하면서 이미 조선을 버린 거잖아요. 러시아 국적을 얻어 통역관도 하고. 내가 블라디보스토크 사범학교를 졸업해 선생님이 되기를 바라 놓고……. 흑."

쑤라는 아버지에게 하고 싶었던 말을 아저씨에게 퍼붓듯 쏟아냈다. 아저씨는 쑤라의 말을 조용히 들어주었다.

"녀석, 어려서도 고집이 세더니 야무지게 잘 자랐구나. 너무 애끓이지 말아라. 내가 네 아버지를 찾아볼 테니."

아저씨는 쑤라의 등을 토닥이며 달래 주었다.

"어렸을 때 기억이 나요. 아버지와 아저씨 형제분, 그렇게 셋이서 종종 밤에 약주 드시고 우시던 모습. 아버진 그때부터 그 일을 하셨나요?"

"처음부터 그 일을 한 건 아니었어. 그렇지만 네 아버지는 정의로운 사람이야."

"우리 아버지하고 어떻게 만나게 되셨어요?"

수대 아저씨는 먼 시간 속을 더듬는지 시선을 돌렸다.

"일본 놈들의 핍박에 나는 고향을 떠나 연해주 제지공장에서 일하고 있었어. 어느 날, 러시아 정부가 갑자기 카레이스키들을 모두 이주시킨다는 소문이 돌았어. 모든 것을 그대로 두고 강제로 떠나야만 했지. 그즈음 형과 연락이 닿았고, 우랄 벌목장으로 가게 됐지. 거기서 네 아버지 빅토르 세묘노비치, 아니 김두삼 통역관을 알게 되었어. 처음엔 러시아로 귀화한 네 아버지를 못마땅하게 생각했지. 아무리 못났어도 내 부모를 버릴 수 없듯이, 못난 내 나라지만 버리고 딴 나라에 귀화한 걸 이해할 수 없었어. 그런데 김두삼은 영혼까지 러시아인이 된 건 아니었어. 항상 힘없는 노무자들 편에서 러시아 관리들과 맞서 줬어. 그리고 통역관님과 형과 나, 우리 셋은 의형제를 맺었지. 비록 남의 나라에서 살고 있지만 기죽지 말고 살자고. 그런데…… 휴!"

아저씨는 긴 한숨을 내쉰 뒤 이야기를 이어 갔다.

"어느 날, 낯선 남자 둘이 네 아버지를 찾아왔어."

"누군데요?"

"처음엔 그들이 독립군이라는 걸 몰랐어. 그런데 그들이 왔다간 뒤 네 아버지가 달라지기 시작했어."

"어떻게요?"

"비밀스러워졌다고 해야 할까. 뭔가를 읽다가 우리가 들어가면 깜짝 놀라 숨긴다거나, 혼자서 골똘히 생각에 잠기거나, 급한 일이 생겼다며 너를 우리한테 맡긴 채 다음 날 오기도 하고……. 그때부터 그 일이 시작되었던 거지."

"그들이 왜 아버지를 찾아왔어요?"

"그 무렵, 연해주와 만주를 기반으로 조선 독립운동이 은밀하게 전개되고 있다는 소문이 돌았어. 때마침 의로운 귀화인 통역관이 있다는 소문을 듣고 도움의 손길을 내밀었겠지. 네 아버지는 그걸 거절하지 못했을 테고."

"왜 아버지를 말리지 않으셨어요?"

원망 투로 말하긴 했지만 쑤라는 잘 알고 있었다. 아저씨들이 말린다고 그만둘 아버지가 아니라는 것을. 결국 아저씨들도 한통속이 되었으니까.

"걱정하긴 했지만, 사실 그 일이 꼭 말려야 할 일은 아니라고 생각했다. 조선에 있을 땐 잘 몰랐는데, 이국땅에서 살다 보니 나라 없는 설움을 절실히 느꼈거든. 다만 난 용기가 없었다. 고향에 두고 온 가족이 눈에 밟혀서."

아버지는 국적을 바꿨으면서도 영혼 깊은 곳에서는 갈 곳 없는 카레이스키였다는 말인가. 늦은 밤 홀로 술을 마시는 아버지의 어깨가 쓸쓸하게 보였던 건 그 때문이었을까.

"아버진 가끔 참 외로워 보였어요."

"그랬을 거야. 언제부턴가 술을 마시면 약한 소리를 하기도 했지. 자신에게 무슨 일이 생기면 너를 부탁한다고. 아마도 네 아버지의 역할이 점점 커졌던 것 같다. 벌목장을 떠나 철도국으로 옮겨 간 것도 그 때문이었을 거야."

"네? 그럼 아버지가 철도국으로 옮긴 게 저 때문이 아니었어요?"

갑자기 쑤라의 목소리가 커졌다.

"너 때문이라니?"

아저씨가 되레 놀라 물었다.

"벌목장을 떠날 때 서운해하는 노무자들에게 아버지가 말했어요. 딸이 커 가니까 계속 험한 산중에서 키울 수가 없다고. 학교도 제대로 보내야 하고……. 난 그 말이 참 좋았는데. 아버지가 일보다 나를 우선으로 생각하는 것 같아서요. 그런데 그게 아니었네요."

"글쎄다. 정말 그랬는지도 모르지."

쑤라는 자신을 위해서가 아니라, 아버지의 그 비밀스러운 일을 위해 철도국 통역관으로 지원했다고 생각하니 서운해서 눈물이 나려고 했다. 정말 아버지는 그런 사람이었을까. 낯선 남자를 화물 열차에 몰래 태워 보내던 아버지의 모습이 떠올랐다. 만약 그 일을 쑤라가 아닌 다른 사람이 보았다면 이미 그때 사달이 났을 것이다. 아버지는 그렇게 하루하루 위험을 감수하고 살았단 말인가.

"그 말도 맞는 말일 게다. 평소 통역관님은 아이들을 가르쳐야 미래가 있다고 말하곤 했거든. 우리 자식들만큼은 억울하게 당하고 살지 않기를 바랐어. 자식들만은……. 윽."

갑자기 아저씨가 가슴을 움켜쥐고 고통스러운 표정을 지었다.

"아저씨, 왜 그러세요?"

쑤라가 놀라 아저씨를 부축했다.

"으…… 그놈들을."

한순간 아저씨의 얼굴 위로 극심한 분노가 지나갔다.

"어디가 아프신 거예요?"

잠깐 숨을 고른 뒤 아저씨는 평상의 표정을 지으며 대답했다.

"가끔 가슴에 통증이 와. 이제 괜찮아졌다. 우리 예분이를 생각하면……."

"예분이한테 무슨 일이 있었군요."

"내가 불러들이지 않았으면, 예분이가 저렇게 되지 않았을 텐데……."

'예분이에게 무슨 일이 있었던 걸까.'

아저씨는 벌목장에서 다리를 다친 뒤 고향에 갔다가 일본군에 징집되어 가라후토 탄광으로 오게 되었다. 2년 계약으로 왔는데 기한이 되어도 놓아주지 않았다. 오히려 조선에 있는 가족을 불러들이면 생활을 지원해 준다고 했다. 어차피 고향에서도 힘들기는 마찬가지니 가족이 모여 함께 살자는 생각에 처자식을 불러

들였다.

"참, 예분이랑 너랑 동갑일 거야. 벌목장에 있을 때 너를 보면 예분이가 많이 생각나곤 했었지. 쑤라야, 방도가 생길 때까지 여기서 우리와 함께 지내자."

쑤라는 피붙이처럼 챙겨 주는 아저씨가 참 고마웠다. 오랜만에 집에 온 것처럼 편하게 잠이 들었다.

탄광촌 사람들

쑤라는 식당 일을 도우면서 아버지 소식을 기다렸다. 아주머니가 하는 식당은 밥보다는 부침개 종류를 주로 팔았다. 밀전병, 녹두전, 김치전 등 급히 허기를 채울 수 있는 음식들이었다. 손님은 주로 일을 끝내고 돌아가는 노무자들이었다. 조선에서 온 노무자들은 군사 비행장의 길을 닦거나, 철도를 놓거나, 탄광에서 석탄을 캐거나, 제지공장에서 일했다. 그들은 고된 노동에 시달리면서 부실한 도시락 하나로 견뎌야 했다. 일이 끝날 즈음엔 배가 등가죽에 붙을 정도로 허기졌다. 그들에게 부침개는 고향을 기억하는 향수 어린 음식이었다.

탄광에서 일하는 수대 아저씨는 2부제 밤일을 하는지 오후에 갱에 들어가면 이튿날 아침에나 집으로 돌아왔다. 집에 오면 죽은 듯이 잠만 잤다. 그리고 또 오후가 되면 다시 탄광에 나갔다.

쑤라는 아버지 소식이 궁금해 피가 마를 지경이었지만 그런 아저
씨에게 재촉하듯 물을 수가 없어 묵묵히 기다렸다.

쑤라는 예분과 친해지려고 노력했다. 다가가 말을 걸면 가만있
다가도 만지면 질색을 했다. 당황해하는 쑤라에게 아주머니가 일
렀다.

"쑤라야, 천천히 해. 워낙 크게 놀란 일이 있어서 그래. 내가 보
니까 우리 예분이가 널 좋아하는 것 같아."

쑤라는 예분이 스스로 다가올 때까지 기다리기로 했다. 쑤라
에게 방을 내주고 엄마와 함께 자더니 언제부터인가 쑤라와 한방
을 쓰기 시작했다. 쑤라가 자고 있으면 이불을 다독여 덮어 주었
다. 그러다 쑤라와 눈이라도 마주치면 후다닥 등을 돌렸다. 그나
마 큰 진전이었다. 또 어느 날부터는 뒤에서 슬며시 옷자락을 잡
아당기기도 했다. 쑤라가 돌아보며 웃으면 예분도 따라 미소를 지
었다. 샘에 물을 길으러 갈 때면 뒤에서 조용히 따라왔다. 느닷없
이 비명을 질러 대는 일은 이제 없었다.

쑤라는 아주머니에게 조심스럽게 물었다.

"아주머니, 예분이한테 무슨 일이 있었던 거예요? 저한테 알려
주시면 안 돼요? 예분이랑 더 친해지고 싶어서요."

아주머니는 고개를 끄덕이고는 몇 번이나 가슴을 쳤다. 마치
가슴에 박힌 무엇을 쳐 내리기라도 하듯.

"1년 전이었어. 그 악몽 같은 일이 일어난 건……."

아주머니는 2년 전, 남편의 부름을 받고 예분과 함께 가라후토에 왔다. 보름 동안 일본을 거쳐 기차와 배를 번갈아 타고 왔다. 무척 힘든 여정이었지만 가족이 모여 함께 살 수 있다는 기쁨으로 견뎌 냈다. 그러나 가족이 재회한 기쁨은 잠시였다. 탄광 측에서 약속했던 것과는 달리 허름한 판잣집 하나 내준 것이 다였다. 막막했지만 그까짓 것 아무려면 어떠냐 싶었다. 몇 년 고생해서 논마지기라도 살 돈을 벌어 고향으로 돌아가자고 다짐했다. 남편 혼자 탄광에서 벌어 언제 돈 모아 돌아가나 싶은 마음에 아주머니도 일을 찾아 나섰다. 일본군 장교 집에서 일손을 구한다는 말을 듣고 찾아갔다. 부엌일이라면 자신 있었다. 그런데 허드렛일만 시켰다. 일본인들은 중요한 일이나 부엌살림은 조선인을 고용하지 않고 일본 사람을 썼다. 아주머니는 정원의 풀도 뽑고 돌도 줍고 거름도 내며 열심히 일했다. 적은 돈이지만 또박또박 모아 나갔다.

일본군 장교 집에 사병들이 있었는데, 아주 거친 놈들이었다. 조선인에게 까닭 없이 심술을 부리는 게 예삿일이었다. 한마디로 심심풀이였다.

그러던 어느 날, 일이 터지고 말았다. 사병 하나가 아주머니에게 심술을 부리기 시작했다. 아주머니가 애써 쌓아 놓은 장작더미를 발로 차 무너뜨리더니 다시 쌓으라고 소리소리 질렀다. 제가 정한 시간에 다 쌓지 못하면 다시 무너뜨렸다. 그 모습을 서너 명의 사병들이 낄낄대며 지켜보았다. 그렇게 장작을 몇 번이나 쌓고 있을 때, 예분이 엄마를 마중 왔다가 이 광경을 보고 말았다. 사병 놈이 예분을 보더니 아주머니에게 더 못되게 굴었다. 딸이 보는 앞에서 아주머니 뺨을 때렸다. 깜짝 놀란 예분이 달려와 용서해 달라고 빌었다. 놈들이 입가에 야릇한 웃음을 흘렸다. 저희끼리 뭔가 쑥덕거리더니 사병 하나가 품삯을 주겠다며 아주머니를 안으로 데리고 갔다. 얼른 받아 나올 생각이었는데, 안채로 들어간 사병이 한참 동안 나오지 않았다. 아주머니는 밖에서 기다리고 있을 예분이 생각에 애가 탔다. 한참 뒤에야 사병이 어슬렁거리며 나와 품삯을 건네주었다.

서둘러 밖으로 나와 보니 예분이 보이지 않았다. 사병들의 모습도 보이지 않았다. 아주머니는 예분이 기다리다 먼저 간 줄 알고 집으로 왔다. 그러나 예분은 집에 없었다. 순간 불길한 생각이 들어 다시 장교 집으로 뛰어갔다. 그곳에도 예분은 없었다. 아주머니의 속은 타들어 갔다. 장교 집 주변을 돌며 목이 터져라 예분을 불렀다. 그때 어디선가 신음인지 울음인지 모를 소리가 작게 들려왔다.

아주머니는 소리가 난 곳을 찾아 밭둑을 짐승처럼 기었다. 온몸을 감싸고 도는 불길한 느낌에 아주머니는 울음조차 나오지 않았다. 입에서 으으으, 짐승 소리만 흘러나왔다. 밭둑 가장자리에서 예분이 옷매무새가 흐트러진 채 바들바들 떨고 있었다. 바닥에는 사병 하나가 머리에 피를 흘리며 쓰러져 있었다. 곁에 피 묻은 돌멩이가 보였다.

아주머니는 예분을 들쳐 업고 정신없이 달려 집으로 왔다. 예분은 피 묻은 손을 바들바들 떨며 울었다. 저 가녀린 손으로 자신을 지키기 위해 어마어마한 힘을 발휘한 딸이 안쓰러우면서도 장했다. 괜찮아, 괜찮아……. 예분은 밤새 열이 펄펄 끓고 소리를 지르며 떨었다. 아주머니는 마법의 주문이라도 외듯 중얼거리며 예분을 꼭 안아주었다.

이튿날, 2교대를 마치고 온 수대 아저씨는 아주머니 이야기를 듣고 온몸을 부르르 떨었다. 가만두지 않겠다며 장교 집으로 달려갔다. 그러나 적반하장이었다. 장교 부인은 자기네 사병 중에는 그런 사람이 없다며 딱 잡아뗐다. 어디다 숨겼는지 사병의 그림자도 보이지 않았다. 오히려 무고죄로 처넣겠다며 윽박지르기까지 했다. 분했지만 아주머니는 아저씨를 달래 집으로 돌아왔다. 힘없는 조선인을 보호해 줄 법은 어디에도 없었기에.

예분이 무사한 것을 다행으로 여길 수밖에 없었다. 그러나 예분의 상태는 좋지 않았다. 느닷없이 발작을 일으키곤 했다. 그날의 엄청난 공포가 예분을 병들게 한 것이다. 사정을 모르는 사람들은 정신병자라며 수군대기도 했다. 그런 딸을 지켜보는 부모의 가슴은 찢어질 듯 아팠다. 그 뒤 아주머니는 작은 식당을 열었다. 예분을 곁에서 지키며 보살피기에 적절했다.

"우리 예분이 참 영리하고 밝은 아이였는데……. 예전 모습을 되찾을 수 있으려나. 예분이 아버지는 이게 다 나라 잃은 설움이라고 하네. 그 말이 맞긴 맞지. 근데 우리가 나라 팔아먹었나? 나라 팔아먹은 놈들은 떵떵거리고 사는데 왜 죄 없는 우리가 이 설움을 당해야 하냐고? 어휴, 이놈의 세상."

아주머니는 행주치마에 코를 팽 풀며 일어섰다.

쑤라는 분한 마음이 가슴 밑바닥에서 부글부글 끓었다. 그런 일을 당하고도 항변조차 할 수 없다니, 아저씨의 가슴 통증이 생긴 건 당연했다.

"아주머니, 예분이 꼭 좋아질 거예요. 예분이는 용감하잖아요."

쑤라는 진심으로 예분이 용감하다고 생각했다.

가슴 졸이며 아버지의 소식을 기다리던 어느 날, 아저씨가 쑤라를 불렀다. 드디어 무슨 소식이라도 있나 싶어 쑤라는 긴장된 마음으로 아저씨 앞에 앉았다.

"아버지 소식 많이 기다리고 있지? 소식통들에게 줄을 대 알아보고는 있는데 쉽지가 않구나. 탄광으로 왔다면 여기 가와카미로 왔을 가능성이 높아. 그러니 좀 더 기다려 보자."

쑤라는 혹시나 하고 기대했다가 힘이 쭉 빠져 버렸다.

"당신한테는 노무계원들도 함부로 하지 못하잖아요. 그 사람들을 통해 알아보면 더 빠르지 않겠어요?"

쑤라가 안돼 보였는지 곁에 있던 아주머니가 말을 보탰다.

"요즘 분위기가 좀 이상해. 노무계원들이 저희들끼리만 수군거리고 날 보면 입을 다물어 버려. 경계를 하는 것 같아. 뭔가 불안해 보이기도 하고, 탄부들에게도 더 그악스럽게 대해. 소문을 들으니 일본이 태평양 전쟁에서 밀리고 있다는데 그 때문인가 싶기도 하네."

"그래요? 일본이 지면 우린 어떻게 되는 거예요? 고향으로 돌아가게 되는 거예요?"

아주머니가 놀라 물었다.

"아직 확실한 것은 아무것도 없어. 느낌이 그렇다는 거야. 입조심해!"

"알았어요."

아저씨와 아주머니의 대화를 가만히 듣고 있던 쑤라가 고개를 번쩍 들었다.

"아저씨, 통역 자리를 알아볼 수 있을까요?"

"통역?"

"네. 러시아어, 중국어, 일본어, 다 할 수 있거든요."

"그래? 그런데 이 탄광촌에서 통역이 필요한 곳이 있을지 모르겠구나. 아무튼 내가 한번 알아보마."

"네가 통역을 할 줄 안다고? 이제 보니 우리 쑤라가 아주 재주꾼이네. 아버지가 통역관이셨다더니 피는 못 속여."

아주머니가 쑤라의 등을 토닥이며 호들갑을 떨었다.

"저도 일을 하면서 아버지 행방을 알아보려고요."

"가와카미에 있는 탄광에서 일하는 탄부만 수천 명이야. 찾기가 쉽지 않겠지만 희망은 있어. 일하던 탄광에서 계약이 끝나고 다른 탄광으로 옮겨 다니는 사람들이 있어. 그 사람들에게 정보를 들을 수가 있을 거야."

통역 일을 찾기가 쉽지 않은지 며칠이 지나도 아저씨는 별다른 이야기를 하지 않았다.

어느 날, 일을 마치고 가게로 들어서는 아저씨의 표정이 다른 날 같지 않게 밝았다.

"쑤라야, 우리 탄광 합숙소에서 주방 보조를 구하는데, 해 보지 않을래? 필요할 땐 통역도 해 주는 조건이야."

통역 자리가 아니어서 실망하기는 했지만 뭐라도 해야 했다. 아버지와 언제 만나게 될지 모르는 상황에서 마냥 신세만 지고 있을 순 없었다.

"네, 할게요."

"탄부들의 식사를 준비하는 일이야."

"할 수 있어요. 그런데 탄광에서도 통역이 필요할 때가 있나요?"

"어쩌다가 한 번씩 있지. 가와카미 탄광에는 조선인과 일본인이 대부분이지만 중국인과 러시아인도 있어. 노무계원들과 그들 사이에 마찰이 빚어질 때가 있는데, 그때 통역이 필요하지. 일본말로 해결하기엔 한계가 있거든. 언젠가 도요하라에서 통역관을 불러온 적도 있었어."

"그렇군요."

"일이 힘들 텐데 괜찮겠니?"

"문제없어요. 저도 뭐라도 해야 맘이 편할 것 같아요. 아버지 찾는 일도 제가 해야 할 일인데 아저씨한테만 미루고 있었잖아요. 너무 죄송하고 감사해요."

"그런 소리 하지 마라. 네 아버지와 난 의형제야. 형님을 찾는 일인데 당연히 내가 나서야지."

쑤라는 아저씨가 있어 참 든든했다.

"예분아, 다녀올게."

처음 출근하는 날, 예분이 쑤라를 배웅한다고 따라나오더니 다시 집으로 도망치듯 들어가 버렸다. 아직 바깥세상이 무서운 모양이었다. 어서 빨리 예분이 세상 속으로 섞일 수 있기를 바라며 쑤라는 아저씨와 함께 탄광으로 향했다.

아저씨는 가와카미 탄광 조선인 탄부들의 반장이었다. 아저씨는 쑤라를 합숙소 주방으로 데리고 갔다.

"인사드려라. 합숙소 주방을 책임지고 있는 오광숙 반장이다. 나랑 동향이야."

아저씨가 오광숙을 향해 친근한 눈빛을 보냈다.

"안녕하세요. 저는 알렉산드라 세묘노비치입니다. 잘 부탁드립니다."

쑤라는 오광숙에게 공손히 인사했다. 어찌 보면 여자 같고, 어찌 보면 남자 같은 건장한 체격의 여자였다.

"오 반장! 잘 부탁해, 내 조카야. 러시아어와 중국어를 잘해서 통역 일도 병행하기로 했어."

수대 아저씨가 쑤라를 자랑스럽게 소개했다. 그런데 오광숙이 인상을 찌푸렸다.

"짚신에 양장을 걸친 화냥년이구먼."

혼잣말처럼, 그러나 정확한 어조로 쑤라에게 들으라는 듯 오광숙이 중얼거렸다.

쑤라는 오광숙의 거친 말에 깜짝 놀랐다. 짚신에 양장을 걸친 화냥년이란 조선인이 러시아 국적을 얻어 러시아인처럼 군다고 비웃는 말이라는 걸 쑤라는 금방 알아차렸다. 쑤라는 오광숙이 마음에 들지 않았다.

"그러지 말고 잘 좀 봐주시게. 러시아 하바롭스크에서 온 의형의 딸이네."

아저씨가 오광숙을 달래듯 말했다. 아저씨의 태도로 보아 오광숙의 저런 말투나 행동이 익숙한 듯했다.

"기 반장은 발도 넓으십니다. 러시아에 팔색조 형님도 두시고."

역시 무례했다. 본래 마음보가 배배 꼬였는지 하는 말마다 비아낭이었다. 더구나 아버지를 팔색조라 하니 쑤라는 눈살이 꼿꼿해졌다.

"사람 참, 애한테 너무 겁주지 말고 이쁘게 봐줘."

거칠고 무례한 오광숙에게 아저씨가 나긋나긋 대하는 걸 보면 나쁜 여자는 아닌 모양인데, 그래도 기분 나빴다. 합숙소 일이 쉽지 않을 것 같았다.

"내가 잘 봐주고 말고 할 게 있어요? 이쁨도 미움도 다 제 할 나름이지요. 반장님은 그만 가 보세요."

아저씨가 주방에서 나가자 쑤라는 가슴이 벌렁거렸다. 오광숙의 거칠게 툭툭 내뱉는 말투는 쑤라에게만 해당하는 게 아니었다. 주방에서 일하는 모두에게 그렇게 대했다.

가와카미 탄광에는 합숙소가 여럿 있었다. 조선인 합숙소와 일본인 합숙소가 따로 있었는데, 쑤라가 일한 곳은 조선인 탄부들이 생활하는 '보국합숙소'였다. 보국합숙소에는 탄부 300여 명이 살고 있었다. 합숙소는 2층으로 된 간이 건물 형태였다. 1층과 2층 모두 복도를 가운데 두고 양편으로 방이 죽 늘어서 있었다. 작은 돗자리 여섯 개가 깔린 좁은 방이었다. 방 하나에 여섯 명이 생활하고 있어 매우 비좁고 더러웠다. 그러나 1반, 2반으로 나누어 교대로 갱에 들어가기 때문에 여섯 명이 같이 있는 시간은 많지 않았다.

반면 일본인 노무자들의 합숙소는 '공애합숙소' 또는 '후생합숙소'라 부르는데, 조선인 합숙소와는 하늘과 땅 차이라 했다. 주방에서 나는 음식 냄새부터 달라, 일본인 합숙소에서는 사철 고기 냄새가 난다고 했다.

"나무처럼 서 있지 말고 솥에 된장 풀어!"

우두커니 서 있는 쑤라에게 오광숙이 소리쳤다. 쑤라는 커다란 솥 다섯 개가 걸려 있는 부뚜막으로 다가갔다. 솥마다 물이 가득가득 담겨 있었다.

"된장 고루 풀어! 어느 솥의 국물은 진하고, 어느 솥의 국물은 묽으면 난리 나니까."

된장이 든 함지박을 쑤라에게 건네며 오광숙이 퉁명스럽게 말했다. 다섯 개나 되는 솥에 풀기에는 적은 양이었다. 쑤라는 어떻게 해야 골고루 나눌 수 있을지 생각하다 함지박 속의 된장을 다섯 덩어리로 만들었다. 한 덩어리씩 솥에 넣고 살살 풀었다. 그 모습을 흘깃 쳐다보던 오광숙의 입꼬리가 살짝 올라갔다. 쑤라는 된장을 다 풀고 맛을 봤지만 하나같이 밍밍했다. 너무 묽어서 그야말로 이름만 된장국이었다.

"너무 묽은데요. 된장 맛이 안 나요."

오광숙은 들은 척도 하지 않았다. 양이 중요하지 맛은 상관없다는 뜻이었다. 가만 보니 오광숙에게 질문은 헛일이었다. 명령뿐이었다. 이유를 달고 의견을 내세우면 눈살을 꼿꼿이 세웠다.

첫날 하루가 어떻게 지났는지 정신이 하나도 없었다. 다리가 퉁퉁 붓고, 손은 물에 불었다. 쑤라는 집에 돌아오자마자 쓰러져 잠이 들었다. 아저씨가 왜 집에 오면 쓰러져 잠만 잤는지 알 수 있었다.

쑤라는 이른 아침 합숙소에 출근해 300여 명의 아침밥과 점심 도시락을 준비하고 늦은 오후에 퇴근했다. 보조 역할이지만 정신 없이 바빴다.

합숙소 탄부들의 식사는 부실하기 짝이 없었다. 밥은 고약한 냄새가 나는 안남미에 좁쌀을 섞었고, 반찬은 누르스름한 단무지 몇 조각과 멀건 된장국이 전부였다. 된장국에는 무나 호박 한 조각이 번갈아 들어갔다. 그러나 그마저도 배불리 먹지 못해 숙소의 탄부들은 늘 허기져 있었다. 주방에서 일하는 사람도 마찬가지였다.

식사 시간이 되면 배식판을 든 사람들이 양쪽으로 줄을 섰다. 쑤라는 국을 배식했다. 허기진 탄부들은 밥통과 국 통만 뚫어져라 바라보았다. 국을 퍼 주다 탄부의 손등에 한 방울만 흘려도 그것을 잽싸게 혀로 핥았다. 쑤라는 무 조각 하나라도 더 퍼 주려고 국자를 휘저었다.

"어쭙잖은 동정은 분란의 씨앗이 될 뿐이야."

가운데서 지켜보고 있던 오광숙이 다가와 쑤라의 귓전에 대고 속삭였다. 무슨 말인가 했는데 금세 그 뜻을 알 수 있었다. 앞사람이 무 두 조각을 받는 걸 본 뒷사람은 당연하게 두 조각을 받고도 더 달라고 했다. 줄이 짧아질수록 국 통의 무는 낚시하듯 건져야 했다. 줄을 선 사람은 아직 남았는데, 국 통에는 건더기가 남아 있지 않았다. 휘젓는 쑤라의 손을 불안하게 바라보고 있던 탄부가 울 듯한 눈으로 쑤라를 쏘아보았다. 쑤라는 아차 싶었다. 뒷사람도 고개를 빼고 국 통을 들여다보았다. 금방이라도 소동이 일어날 것 같았다. 쑤라는 진땀이 났다.

"내 말이 우습나?"

오광숙이 무 조각을 국 통에 부으며 낮게 으르렁거렸다. 주방 사람들 몫이었다. 오광숙이 빨리 해결해 주지 않았으면 소동이 일어날 뻔했다. 쑤라는 오광숙이 까칠하지만 현명한 사람이라는 생각이 들었다.

탄부들의 식사가 끝나고 주방 사람들이 식사할 차례였다. 오광숙은 쑤라를 따로 불렀다.

"된장국 한 국자에서도 자기가 평등한 대우를 못 받았다는 생각이 들면 기분이 어떨 것 같아?"

"그, 그야 기분이 나쁘……."

"귀화인이라 잘 모르나 본데, 여기 있는 조선인 노무자들 모두 똑같이 억울한 사람들이야. 식민지 백성이라는 이유로 강제로 끌려온 사람들이라고. 이 사람들 중에 일본인 합숙소보다 여기 밥이 형편없다고 항의하는 사람은 아무도 없어. 왜냐면 비교 대상이 아니라는 걸 알거든. 그러나 같은 처지인데 차별을 당하면 즉

각 분노하지. 너라면 안 그러겠어?"

쑤라는 오광숙의 말에 동의할 수 없었다. 진짜 분노는 일본에게 해야 하는 거 아닌가. 이런 상황을 만든 장본인에게. 왜 자기들끼리 분노해?

"어렵게 생각할 거 없어. 책임도 못 질 어쭙잖은 동정은 하지 말란 뜻이야. 알겠어? 괜히 분란만 만드니까."

"네. 명심하겠습니다."

그 일이 있은 뒤, 쑤라는 감정에 흔들리지 않으려고 노력했다. 세상일이 어느 것 하나 쉬운 게 없는 것 같았다. 하루하루가 살얼음판을 걷는 기분이었다.

마트료시카와 뜸북새

늪

합숙소 주방 일을 시작한 지 몇 달 만에 첫 휴가를 얻었다. 한 집에 산다고는 하지만 수대 아저씨와 아주머니, 그리고 예분과 차분하게 이야기할 시간조차 없이 바빴다. 주방 보조라고는 해도 퇴근 시간은 별 의미가 없었다. 일이 끝나야 퇴근할 수 있었다.

"쑤라!"

늦잠 좀 자려는데 예분이 쑤라를 흔들어 깨웠다. 합숙소에 지각하는 줄 알았는지 놀란 표정이었다.

"오늘 쉬는 날이야. 말하는 걸 깜박했네."

걱정해 주는 마음이 고마워 쑤라는 예분의 손을 꼭 쥐었다. 예분이 예쁘게 미소를 지었다. 편안해 보이는 얼굴이었다. 그러고 보니 불안해하고 놀라 비명을 질러대는 모습을 본 지 오래되었다. 예분은 그동안 몰라보게 좋아졌다. 밖으로 심부름도 곧잘 나간다며 아주머니가 흐뭇해했다. 예분의 상태가 좋아지고 있어 참 다행이었다. 쑤라는 그동안 합숙소에 일하러 다닌다는 이유로 예분에게 소홀했던 것이 미안했다.

"예분아, 우리 산보 갈까?"

추운 날씨였지만 쑤라는 예분과 밖으로 나가 보고 싶었다. 모처럼 여유를 느껴 보고 싶었다. 합숙소와 집만 왔다 갔다 하다 보니, 보는 풍경도 사람도 매일 똑같았다. 시커먼 석탄 더미와 켜켜이 쌓인 갱목들, 작업복 차림에 조명 달린 안전모를 쓴 탄부들. 탄부들은 매일 개미 떼처럼 우르르 땅속으로 들어갔다가 우르르 밖으로 나오곤 했다.

"괜찮을까……."

아주머니의 걱정을 뒤로하고 쑤라는 예분과 함께 집을 나섰다. 둘은 팔짱을 꼭 끼고 걸었다. 동네를 빠져나와 큰길로 나오니 철로가 보였다.

"와, 철길이다!"

쑤라는 환호성을 지르며 내달렸다. 죽 밑줄을 긋듯 가와카미 탄광촌의 외곽을 지나는 석탄 운반용 철로였다. 흘러내린 석탄 때문에 철로가 검었다. 침목 사이 자갈들도 온통 새카맸다. 오랜만에 철로를 보니 울컥 아버지 생각이 났다. 어릴 적 쑤라는 퇴근하는 아버지를 기다리며 철로에서 자주 놀곤 했다. 아버지는 위험하다고 질색을 했지만 쑤라는 철길이 좋았다. 철길 위에서 한 발로 뛰기도 하고, 뒤로 걷기도 하면서 놀았다. 철로에서라면 쑤라는 혼자서도 열 명과 노는 것처럼 신나게 놀았다. 옛 추억을 떠올리니 불현듯 콧등이 시큰해졌다.

"예분아, 우리 철길 걸어 보자!"

망설이는 예분을 잡아끌어 철로 위에 섰다. 철길 위에 서서 보니 평행선이 고집스럽게 각자의 길을 내달리고 있었다.

'아니야, 평행선이 아니야.'

쑤라는 침목들이 평행선을 받쳐 주며 함께 가고 있다는 걸 깨달았다. 수천, 수만 개의 침목이 두 레일을 이어 주는 한 철길은 단순한 평행선이 아니었다. 비록 아버지와 헤어져 있어도 추억이라는 침목이 있는 한 따로가 아니듯이.

쑤라는 철길 위에서 한 발을 들어 깨금발로 뛰기도 하고 침목을 두 칸씩 건너뛰며 노래를 불렀다.

행운을 부르는 마트료시카

방긋방긋 웃으며 서 있네

동글동글 귀여운 예쁜 인형들

오늘 밤 꿈속에서 만나요.

쌕쌕거리며 아이처럼 팔짝팔짝 뛰는 쑤라를 보고 예분이 까르르 웃었다.

"그건 무슨 노래야?"

"러시아 동요인데 아버지가 나한테 러시아말 배우게 하려고 가르쳤던 노래야. 나 어렸을 때 울 아버지 기다리며 철길에서 이렇게 놀곤 했어."

"그게 러시아말이야?"

예분은 러시아말이 신기한지 발음을 따라 해 보며 재밌어했다.

"마트료시카라는 노래야. 가르쳐 줄까?"

그러고 보니 쑤라는 그동안 마트료시카 인형을 꺼내 보지 않았다. 예분은 쑤라가 부른 〈마트료시카〉를 흉내 내 부르다가 다른 노래를 불렀다.

뜸북뜸북 뜸북새 논에서 울고

뻐꾹뻐꾹 뻐꾹새 숲에서 울 제

우리 오빠 말 타고 서울 가시면

비단 구두 사 가지고 오신다더니.

가녀린 예분의 목소리와 귀에 착착 달라붙는 노랫말에 쑤라는 눈물이 날 뻔했다.

"무슨 노래야? 참 좋다."

"오빠 생각. 고향에서 자주 불렀어."

"오빠 생각?"

쑤라는 아버지의 나라 조선은 가난하고 힘들어서 노래 같은 건 없을 것만 같았다. 그런데 이렇게 아름다운 노래가 있다는 것에 놀랐다. 쑤라는 예분에게 몇 번이나 다시 불러 달라고 졸랐다. 몇 번 들으니 쑤라도 따라 부를 수 있었다.

'뜸북뜸북 뜸북새, 뻐꾹뻐꾹 뻐꾹새……. 조선에는 뜸북새와 뻐꾹새가 사나 보구나.'

쑤라는 집에 돌아와서도 온종일 〈오빠 생각〉을 흥얼거렸다. 어찌나 많이 불렀던지 아주머니가 곱게 눈을 흘겼다.

"노래로 잠꼬대하겠다, 원."

쑤라는 가방에서 마트료시카를 꺼내 예분에게 보여 주었다. 예분은 눈이 휘둥그레지며 신기해했다.

"어떻게 인형 속에 또 인형이 들어 있을까!"

예분은 첫째 인형 속에서 두 번째 인형을, 두 번째 인형 속에서 세 번째 인형을 꺼내 나란히 놓았다. 그러고는 다시 하나씩 인형 속에 집어넣으며 재밌어했다.

'나도 이 마트료시카처럼 여러 개의 내가 있으면 좋겠다. 아버지의 딸인 나, 블라디보스토크 여자사범학교에 다니는 나, 예분이 친구인 나.'

쑤라는 마트료시카를 바라보며 아버지가 왜 마트료시카를 졸업 선물로 주었는지 알 것도 같았다. 나는 지금처럼 슬프고 막막한 나만 있는 게 아니다. 내 안에는 또 다른 내가 있다. 또 다른 나를 꼭 찾아야겠다.

며칠 뒤 쑤라는 즐거운 마음으로 합숙소로 갔다. 여느 날과 마찬가지로 아침에는 점심 도시락까지 싸느라 바빴다. 배식을 하려는데 단무지가 보이지 않았다.

"단무지는요?"

"이제 단무지는 없어. 이따 배식 끝나면 공애합숙소에 가서 시래기 짠지 받아 와라. 주방에 일본어를 제대로 하는 입이 너밖에 없으니 네가 다녀와."

오광숙이 심통이 난 얼굴로 쑤라에게 말했다.

"시래기 짠지요?"

"단무지 대신인가 봐."

"왜요?"

쑤라의 질문에 오광숙은 아무 말이 없었다. 하긴 이미 쑤라도 알고 있었다. 이곳에서 '왜?'라는 말은 필요하지 않았다. 아니, 써서는 안 될 말이었다. 이런 말도 안 되는 경우를 한두 번 겪은 게 아니지만 쑤라는 화가 났다. 똑같이 일하는데 일본인 탄부들은 배불리 먹고, 조선인 탄부들은 형편없는 식사마저도 늘 부족했다. 그까짓 단무지가 뭐라고 그것마저 빼앗아 가나.

쑤라는 공애합숙소에 가서 짠지를 배급받았다. 짠지가 담긴 자루에서 역겨운 냄새가 났다. 얼굴이 저절로 찡그려졌다.

"뭐야? 이 조센징이?"

쑤라의 찡그린 얼굴을 본 공애합숙소 일본인 주방장이 눈을 부라렸다. 조센징 주제에 주면 주는 대로 가져갈 것이지, 무슨 불만이냐는 거였다. 순간 쑤라는 모멸감에 몸이 부들부들 떨렸다.

'조센징도 사람이야. 사람이 먹을 걸 줘야지.'

속에서 터져 나오려는 말을 이를 악물고 삼켰다. 아버지를 찾을 때까지 말썽을 일으켜서는 안 된다. 쑤라는 얼른 표정을 바꿔 하이, 하이, 하며 허리를 굽혔다. 힐끗 곁눈질로 보니 주방 한쪽에 청어가 수북이 쌓여 있었다. 파릇파릇한 채소도 수북했다.

'이 나쁜 놈들……'

조선인 탄부들의 눈빛이 떠올랐다. 늘 허기진 그들은 이 썩은 내 나는 짠지마저도 더 먹기 위해 눈을 희번덕거릴지 모른다. 쑤라는 가슴 밑바닥에서 무언가 치받쳐 오르는 것을 느꼈다.

'아버지, 왜 이럴까요. 왜 제 마음이 이런 걸까요. 자꾸만 화가 나서 미치겠어요.'

쑤라는 울적한 마음으로 짠지 자루를 양쪽에 들고 내려왔다. 높다랗게 솟은 탄광의 구조물들이 온통 시꺼멓다. 거대한 괴물이 버티고 서 있는 것 같았다.

개울가에서 좀 쉬어 가려고 쑤라는 바위 위에 걸터앉았다. 온통 검게만 보이던 개울물이 가까이서 보니 맑았다. 까만 석탄가루가 가라앉아 맑아 보였다. 울적한 기분을 바꿔 보려고 쑤라는 노래를 불렀다.

"뜸북뜸북 뜸북새 논에서 울고, 뻐꾹뻐꾹 뻐꾹새 숲에서 울제……"

생각과는 다르게 〈오빠 생각〉을 부르니 기분이 더 처졌다. 눈물이 났다. 그만 자리에서 일어나려다 쑤라는 깜짝 놀랐다. 몇 걸음 뒤쪽에 한 남자가 서 있었다. 마치 석등처럼. 쑤라는 하마터면 엉덩방아를 찧을 뻔했다.

"누, 누구세요?"

너무 놀라 다리가 휘청거렸다.

"그, 그냥 노래를 듣다가. 아니, 노래가 들려서……"

남자가 더듬거리며 얼버무렸다. 작업복 차림인 걸로 보아 탄부 같은데 목소리가 아주 앳되었다. 얼굴을 보니 잘해야 쑤라 또래 정도로 보였다. 허둥지둥 돌아서는 옆얼굴에서 언뜻 무언가 반짝였다. 눈물이었다!

'아! 저렇게 어린 탄부가 있었네.'

쑤라는 자기도 모르게 가슴을 쓸어내렸다. 매운 고추를 먹은 것처럼 속이 아렸다. 소년 탄부는 빠른 걸음으로 합숙소 쪽으로 멀어져 갔다. 〈오빠 생각〉을 듣다 고향 생각이 난 걸까. 쑤라는 눈두덩이 뜨거워졌다. 돌아와서도 오랫동안 소년 탄부의 모습이 눈앞에 아른거렸다.

요즘 노무계원들의 폭력이 부쩍 잦아졌다. 아침에 출근하다 보면 어김없이 기합을 받고 있는 탄부들이 보였다. 수십 명의 탄부들을 속옷 차림으로 합숙소 마당에 세워 놓거나, 엎드려 놓고 곤봉으로 때렸다. 또 어느 날엔 느닷없이 주방에 들이닥쳐 급식을 중단하고 마당에 집합시켰다. 주어진 채탄량을 못 채웠으니 단체 기합을 받아야 한다는 둥 매사에 괴롭히며 피를 말렸다.

　"독이 바짝 올랐어. 독사에게 안 물리려면 조심들 해."

　오광숙이 노무계원들을 쳐다보며 주방 식구들에게 낮은 목소리로 주의를 주었다.

　천황의 탄생일, 보국합숙소에도 특별히 청어가 배급되었다. 쑤라가 합숙소 주방 일을 시작하고 처음 있는 일이었다. 그러나 턱없이 부족한 청어를 많은 사람이 맛보게 하려면 국을 끓이는 수밖에 없었다. 오광숙의 지시로 쑤라는 솥에 청어 몇 마리를 넣고 물로 솥을 채웠다. 끓여 놓고 보니 살은 녹아 온데간데없고 뼈와 가시들만 떠 있었다. 그래도 맛있는 냄새가 주방을 채웠다.

　"건더기는 없지만 그래도 고깃국이니까 맛있게들 먹겠네요."

　매일같이 된장국만 먹는 탄부들이 안쓰럽던 차에 쑤라는 기분이 좋았다. 탄부들이 식당으로 모여들었다. 다들 웬일인가 싶은 표정이었다. 쑤라는 평상시처럼 한쪽에서 국을 배식했다. 고기 토막은 없어도 기름기 뜬 생선국이라 배식받는 탄부들의 표정이 밝았다. 한참 배식을 하고 있는데, 건너편 배식 줄에서 갑자기 소란이 벌어졌다.

"야, 이 새끼야!"

쨍그랑, 욕설과 함께 배식판이 바닥에 뒹굴었다. 모든 시선이 그쪽으로 향했다. 몸집이 큰 사내가 한 손으로 작은 남자의 멱살을 그러쥔 채 다른 한 손으로 입을 벌리려고 기를 쓰고 있었다. 상대는 입을 앙다물고 도리질을 했다.

"무슨 일이야?"

오광숙과 쑤라가 급히 그쪽으로 갔다. 몸집이 큰 사내가 상대를 쓰러뜨리고 발로 밟았다. 쓰러진 사람은 머리를 감싼 채 입을 오물거렸다. 사람들이 말렸지만 사내는 내놔, 내놔 하면서 미친 사람처럼 날뛰었다. 쑤라는 사내에게 일방적으로 맞고 있는 사람이 안쓰러웠다. 그런데 그 얼굴이 어디선가 본 듯했다. 소년 탄부였다! 쑤라와 눈이 마주치자 소년 탄부는 우물거리던 무언가를 급히 삼켰다. 목젖이 꿈틀했다. 사내가 다시 때리려고 하자 쑤라가 사내의 앞을 가로막았다.

"그만, 그만해요."

그때 거칠게 식당 문이 열리며 악명 높은 다케다가 들어왔다. 모두 움찔했다. 뒤이어 다른 노무계원들도 따라 들어왔다. 바닥에 널브러진 식판을 본 다케다의 눈이 야수처럼 번뜩였다.

"이 조센징 놈들, 위대한 천황 폐하께서 특별히 내리신 음식을 바닥에 내동댕이쳐? 하여간 조센징 놈들은 배가 부르면 말썽을 피운다니까. 야, 너희들 이리 와 봐!"

사내와 소년 탄부가 그 앞으로 끌려갔다.

"저…… 그게 아니라."

사내가 무슨 말인가를 하려고 하자 다케다가 다짜고짜 사내의 가슴팍을 걷어찼다. 사실 진위 따윈 필요 없다는 뜻이었다. 소년 탄부는 꼿꼿이 앉은 채 아무 말이 없었다. 다케다가 허리에서 목검을 빼 들었다. 사무라이 가문 출신이라는 그는 늘 허리에 곤봉 대신 목검을 차고 다녔다. 그 목검에 맞은 사람은 며칠씩 자리에서 일어나지도 못했다.

"정신이 바짝 들게 해 주지."

다케다가 목검을 두 손으로 움켜쥐고 머리 위로 들어 올렸다. 쑤라는 가슴이 떨렸다. 두 손을 모아 쥐고 눈을 질끈 감았다.

"다케다 님!"

누군가 큰 소리로 다케다를 부르며 달려왔다. 수대 아저씨였다. 쑤라는 가슴을 쓸어내렸다. 노무계원들이 수대 아저씨에겐 함부로 하지 않는다는 소문을 들었기 때문이다. 쑤라는 기대 반, 걱정 반으로 아저씨를 바라보았다.

"기 반장?"

"다케다 님, 무슨 일이십니까?"

"지금 나한테 무슨 일이냐고 묻는 거야? 당신, 반장이니까 이 놈들이 누군지 알지?"

"네. 2조 탄부 김현도와 박진태입니다."

"당신 말이야, 반원들 관리를 어떻게 하는 거야? 도대체 이 난장판은 뭐야?"

다케다는 마치 기다렸다는 듯 아저씨를 향해 불을 옮겨 붙였다. 영문을 모르는 아저씨가 두 사람과 엉망이 된 바닥을 번갈아 보았다.

"이게 무슨 일이야?"

아저씨가 김현도와 박진태를 향해 물었다.

현도는 피투성이가 된 얼굴을 깊이 숙였다. 그러고는 울음을 터뜨렸다.

"반장님, 잘못했어요. 배가 너무 고파서. 어허엉!"

다케다의 얼굴이 붉으락푸르락하더니 다시 목검을 쳐들었다.

"이 조센징 놈이 나한테는 잘못했단 말을 않더니 당신한테는 비는군."

다케다가 목검을 쳐든 채 씩씩거렸다. 곁에 있던 노무계원들이 재밌다는 듯이 지켜보고 있었다. 반면 조선인 탄부들은 잔뜩 겁에 질려 있었다. 다케다가 목검을 내리치려는 순간, 아저씨가 얼른 현도를 감쌌다. 퍽, 목검이 아저씨의 뒷덜미에 내리꽂혔다.

"으억, 헉!"

아저씨는 그대로 고꾸라졌다. 현도가 놀라 아저씨에게 달려들자 다케다는 현도의 가슴팍을 사정없이 걷어찼다. 현도가 저만치 나가떨어졌다. 그제야 구경하고 있던 다른 노무계원들이 그만 하면 힘을 보여 줬다는 듯 다케다를 말리는 척 데리고 나갔다.

"조센징 놈들, 한 번만 더 소란을 일으켰다간 가만 안 두겠어!"

노무계원들이 나가고, 쑤라가 아저씨를 부축해 일으켰다.

"아저씨, 괜찮으세요?"

"피도 눈물도 없는 독사 같은 놈들."

오광숙이 이를 갈며 목에 걸었던 수건을 풀어 현도의 머리를 싸매 주었다. 현도가 털썩 무릎을 꿇었다.

"반장님, 나 때문이에요. 내가 미쳤었나 봐요, 엉엉."

"도대체 어떻게 된 거야?"

아저씨가 고함을 내질렀다. 딱히 현도에게만 하는 말은 아닌 듯했다. 이 모든 광경을 보고도 벌벌 떨고만 있는 탄부들을 향한 것이었다. 그러나 아저씨는 알고 있을 터였다. 달리 그들이 무엇을 할 수 있단 말인가.

현도가 울면서 사태의 경위를 떠듬떠듬 풀어놓았다.

현도는 날마다 허기에 시달렸다. 한창때여서 밥을 먹고 돌아서기가 무섭게 배가 고팠다. 소화력이 왕성한 것도 원망스러웠다. 그런데 오늘 탄광에 끌려온 뒤 처음 맡아 보는 생선국 냄새에 뱃속이 꼬르륵꼬르륵 요동을 쳤다. 앞에 늘어선 배식 줄이 까마득히 길어 보였다. 드디어 현도 차례가 되자 가슴이 설렜다. 바로 앞에 선 박진태가 받은 국에 청어 조각이 담겼다. 보는 것만으로도

침이 고였다. 자기 것도 그러려니 했다. 그런데 자신의 국에는 살점은 없고 앙상한 가시와 국물뿐이었다. 국 통을 기웃거려 봤지만 청어 조각은 보이지 않았다. 어쩌다 운 좋게 조각이 박진태에게 간 것이었다. 저 맛난 것을 맛볼 수 없다는 생각에 눈물이 핑돌았다. 현도는 박진태의 식판에서 냉큼 청어 조각을 집어 입에 넣었다. 자기도 모르게 나온 행동이었다. 그 순간 박진태의 눈에서 불꽃이 튀었다. 박진태는 현도의 입을 벌려 청어 조각을 빼내려고 했다. 현도는 뺨을 사정없이 얻어맞았다. 그래도 입을 앙다물고 벌리지 않았다. 이대로 맞아 죽는다 해도 고기를 포기할 수 없었다. 입속에서 느껴지는 청어 맛이 황홀했다. 현도는 고기를 꿀꺽 삼켰다. 순간 주먹이 날아오고 발길질이 쏟아졌다. 비릿한 피 냄새와 함께.

"반장님, 나는 사람이 아닙니다."

말을 마친 현도가 오열하자 아저씨의 눈에서도 눈물이 주르륵 흘러내렸다. 식당 안에 있던 사람들의 눈에서도 소리 없이 눈물이 흘러내렸다. 현도를 때린 박진태마저도 눈물을 흘렸다. 그러고는 피가 나도록 주먹으로 벽을 때렸다. 그가 때린 것은 제 몫의 청어 조각을 빼앗은 현도가 아니라, 지하 갱도 깊숙이 도사리고 있는 시커먼 허기였다.

나는 사람입니다

현도를 감싸려다 다케다의 목검에 얻어맞은 수대 아저씨는 크게 다치지는 않았다. 사람들 말에 따르면 다케다는 노무자들을 때릴 때 아주 교묘하게 때린다고 했다. 일에 차질이 생기면 안 되니까, 겉으로 보기에는 멀쩡하나 속으로 골병들게 하는 잔혹한 수법이었다.

그 일이 있고부터 쑤라의 눈은 현도를 따라다녔다. 식당에서, 갱으로 들어가는 노무자들의 뒷모습에서, 세면실로 들어가는 사람들 속에서…….

'나는 사람이 아닙니다'라며 울부짖던 현도의 목소리가 자꾸만 귓속에서 쟁쟁거렸다. 쑤라는 그 말의 뜻을 알 것 같았다. 그 말은 곧 '나는 사람입니다'라는 강력한 항의가 담긴 말이었다. 강제로 동원되어 온 조선인 탄부들은 처음에는 너나없이 억울해했지만, 시간이 지나면서 그저 살아남기 위해 자존감을 잃어갔다. 노무계원들의 부당한 지시에 항의하려 하지 않고 전전긍긍하기만 했다. 그 와중에 현도의 그런 행동은 조선인 탄부들에게 각성을 알리는 종소리 같은 것이었으리라. 그래서 그날 모두 소리 없는 울음을 울었을 것이다.

쑤라는 수대 아저씨가 현도를 대하는 마음이 남다르다는 것을 알게 되었다.

"아저씨, 그 소년 탄부에 대해 잘 아세요?"

"현도? 어린 나이에 강제로 끌려왔으니 안됐지……"

"몇 살인데요?"

"해가 바뀌었으니 올해 열여섯일걸."

"어머, 그럼 우리랑 나이가 같네요?"

쑤라는 동갑이라는 말에 왠지 반가워 예분을 바라보며 미소를 지었다. 예분도 쑤라처럼 호기심 어린 눈빛을 보였다. 요즘 쑤라와 예분은 모든 대화가 가능했다. 예분은 공포의 감옥에서 뚜벅뚜벅 걸어 나와 옛 모습을 되찾았다. 아주머니와 아저씨는 모두 쑤라 덕분이라며 고마워했다.

"배고픔 앞에서는 장사가 없지. 어린 나이에 얼마나 배가 고팠으면……. 그 허기진 갱 안에서도 제 밥을 아픈 사람에게 덜어 주던 심성이 고운 아인데."

"그 애를 탄광 밖에서 본 적이 있어요."

"그래? 어디서?"

갑자기 아저씨가 다그치듯 물었다. 아저씨의 의외의 반응에 쑤라는 깜짝 놀랐다.

"왜 그러세요?"

"어디서 봤냐니까?"

"합숙소 뒷산에서요. 공애합숙소에 다녀오는 길에요."

"그 애가 거길 왜 갔지?"

"교대 시간 전에 바람 쐬러 갔겠죠. 그런데 왜요?"

쑤라는 아저씨의 반응이 이상했다.

"으응, 아니다. 나한텐 한 번도 그런 얘길 한 적이 없어서."

"〈오빠 생각〉 노래를 부르며 쉬고 있었는데, 일어서다 깜짝 놀랐어요. 제 뒤에서 노래를 듣고 있었나 봐요. 저랑 마주치자 그 아이도 놀라 허둥지둥 돌아서는데 울고 있었어요."

"울어?"

"네. 분명히 눈물을 봤어요."

아저씨는 쑤라의 얘기를 듣고 얼굴빛이 어두워졌다.

"집 생각이 났겠지. 가족들은 현도가 여기로 끌려온 걸 모르고 있나 보더라."

"정말요?"

현도는 지난해 가을 가와카미 탄광에 왔다. 고향에서 하굣길에 지나가던 트럭이 동네까지 태워 준다는 말에 얻어 탔다가 그렇게 된 것이었다. 트럭은 멈추지 않고 집 앞을 스쳐 부산으로 내달렸다. 마당에 서 있는 어머니를 보고 고함을 쳤지만 소용이 없었다. 나중에 보니 트럭 뒤 칸에 수십 명의 남자들이 타고 있었다. 탄광에 와서도 한동안 집에 보내 달라고 소란을 피우다 노무계원들에게 숱하게 얻어맞았다. 그러더니 어느 순간부터 제풀에 지쳤는지 조용해졌다. 꼭 필요한 말 외에는 입을 열지도 않았다. 아저씨는 어린 현도가 절망에 빠질까 봐 각별히 챙겼다. 현도도 아저씨의 마음을 아는지 잘 따랐다.

"세상에, 어떻게 그런 법이 있어요? 학교 다니는 학생을, 마구잡이로 끌고 와도 되는 거예요?"

쑤라는 기가 막혔다.

"이젠 하다 하다 어린 학생들까지. 전에는 그래도 모집해 온 사람들이 많았는데, 지금은 강제로 끌려왔다는 사람이 부지기수야. 아무래도 일본의 움직임이 이상해."

아저씨가 걱정스러운 표정을 지었다.

"현도는 얼마나 답답할까요? 가족들에게 자기 처지를 알릴 수도 없으니."

쑤라는 아버지 생각이 났다. 아버지도 현도처럼, 이 가라후토 땅 어딘가에서 답답한 마음으로 계시겠지. 자신이 이 먼 섬까지 끌려온 사실을 유일한 가족인 딸이 모를 거라고 생각할 것이다. 쑤라는 현도가 이해되었다. 아버지의 행방을 몰라 답답한 자신처럼, 현도는 자신의 행방을 모르는 가족이 뼈저리게 그리울 것이다.

쑤라가 가라후토에 온 지도 반년이 훌쩍 넘어가고 있었다. 그러나 아직까지도 아버지의 행방은 오리무중이다.

동병상련의 마음일까. 쑤라는 현도에게 도움이 되고 싶었다. 그러나 만나기가 쉽지 않았다. 식당 안에서는 아는 척을 하기가 힘들었다. 현도도 쑤라에게 따로 눈빛을 보내지 않았다. 아니, 오히려 피하는 것 같았다. 청어국 사건 때문인 듯했다. 쑤라는 짬을 내 개울가에도 몇 번 가 보았지만 만나지 못했다.

'〈오빠 생각〉이 듣고 싶다면 수백 번이라도 불러 줄 수 있는데……'

그러던 어느 날, 걸레를 빨러 갔다가 개울 위쪽에서 내려오고 있는 현도와 마주쳤다. 반가워하는 쑤라와 달리 현도는 무척 놀란 표정이었다. 마치 도둑질이라도 하다 들킨 사람처럼. 모른 척 지나가려고 하는 현도를 쑤라가 불러 세웠다.

"애!"

현도가 걸음을 멈추고 쑤라를 쳐다보았다.

"너 나 알지? 나 수대 반장님 집에서 살고 있어. 딸은 아니고."

"……"

"아저씨한테 들었는데, 너 나랑 나이가 같더라."

"……"

현도는 쑤라의 말에 아무런 대꾸가 없었다. 그렇다고 그냥 가 버린 것도 아니었다.

"여기 자주 오니?"

자주 오냐는 말에 현도의 눈썹이 꿈틀했다.

"내 이름은 쑤라야. 알렉산드라……."

쑤라는 자신의 러시아식 이름을 말하려다 그만두었다. 왠지 현도에게는 낯설게 들릴 것 같았다. 쑤라는 처음으로 자신도 예 분이나 현도처럼 조선 이름이 아닌 것이 아쉬웠다.

"수라?"

현도가 처음으로 쑤라의 이름을 입에 올렸다. 현도의 입을 통 해 들리는 자신의 이름이 참 이상했다. 수라가 아니고 쑤라인데.

"어디 갔다 오는 거야?"

쑤라가 현도가 내려오던 개울 위쪽을 가리키며 물었다. 그러자 현도의 눈빛이 허둥대며 쑤라의 눈길을 피했다.

"그, 그냥…… 바람 쐬러."

"아저씨가 네 걱정을 많이 하시던데."

"걱정? 반장님이 뭐라고 걱정을 해?"

그냥 말을 이어 가기 위해 한 말인데 현도가 정색하며 물었다.

"아니 뭐, 아저씨가 널 무척 아끼더라고."

"참 좋은 분이야. 반장님께 죄송……."

현도가 목이 멘 듯 말을 하다 말고 고개를 숙였다. 한참을 말이 없더니 어색하게 인사를 한 뒤 몸을 돌렸다. 현도의 걸음걸이가 왠지 위태로워 보였다.

합숙소에서 일을 마치고 돌아오니 집에서 맛있는 냄새가 났다.

"와, 이 냄새 정체가 뭐예요?"

쑤라는 시장하던 참이라 입안에 침이 고였다.

"예분 아버지가 쉬는 날이라, 모처럼 식구가 다 모이니 함께 먹자고 끓였어."

아주머니가 수제비를 끓여 내오셨다.

"감사합니다, 아주머니. 저를 식구로 끼워 주셔서."

"원, 식구가 별거야. 함께 밥 먹는 사이면 식구지."

"맞아. 함께 밥 먹으면 식구지."

예분이 맞장구를 치며 예쁘게 웃었다.

"어려서 우랄 벌목장에 살 때 조선인 아주머니가 가끔 끓여 주셔서 먹어 봤어요. 아버지가 수제비를 참 좋아하셨거든요."

쑤라는 수제비를 보니 아버지가 더욱 그리웠다. 함께 먹으면 얼마나 좋을까 생각하니 콧등이 시큰해졌다. 그러자 아주머니가 걸걸하게 한마디 보탰다.

"아이고, 수제비가 뭐 별거라고 어릴 적 기억까지 뒤적여. 어서 먹자."

저녁상을 물리고 아저씨가 쑤라를 따로 불렀다. 긴하게 전할 말이 있는 눈치였다.

"오늘 네 아버지 소식을 들었다."

"네?"

쑤라는 화들짝 놀랐다. 그렇게 기다리던 소식인데 막상 아저씨가 소식을 들었다고 하니 겁이 덜컥 났다.

'설마 나쁜 소식은 아니겠지.'

쑤라는 얼른 아저씨의 얼굴빛을 살폈다. 어두운 표정은 아니었다. 쑤라는 안도의 한숨을 내쉬었다.

"가와카미 탄광 어딘가에 계신 것 같다."

"네?"

"작년에 군사 비행장에서 도로 닦는 일을 하다가 얼마 전 우리 탄광으로 온 사람이 있어. 그때 비행장으로 가는 트럭 안에 40대로 보이는 죄수가 함께 탔었대. 운전병들이 하는 얘기를 들으니 러시아에서 통역관을 하다 큰 죄를 지어 끌려오는 길이라 하더라는구나. 그이는 중간에 비행장에서 내렸지만 트럭은 가와카미 탄광으로 간다고 했대. 네 아버지가 맞는 것 같다."

"아, 아버지!"

쑤라는 아버지가 가까운 곳에 계신다고 생각하니 설레면서도 마음이 무거웠다. 아버지가 죄인 신분으로 탄광에서 얼마나 힘들었을지 짐작이 갔기 때문이다.

"혹시…… 거기가 아닐까?"

"어디요? 짐작되는 곳이라도 있어요?"

"아, 아니다. 좀 더 알아보고 나서 말해 주마."

아저씨는 짚이는 곳이 있는 모양이었지만 말해 주지 않았다. 아저씨 표정으로 보아 험한 곳일 거라는 짐작만 할 뿐이었다.

쑤라는 늦게까지 아버지 생각으로 잠을 이룰 수 없었다. 가까운 곳 어딘가에 있을 아버지, 쑤라는 아버지의 손을 더듬듯 마트료시카를 쓰다듬었다.

합숙소에 출근하니 사람들이 현관 입구에 모여 있었다. 또 탄부들이 벌을 받는 모양이라 생각하고, 쑤라는 지나쳐 왔다.

"또 무슨 일이래요?"

쑤라가 주방으로 들어서며 짜증 섞인 목소리로 오광숙에게 물었다. 그런데 오광숙이 심각한 표정으로 쑤라를 바라보았다.

"그 녀석을 어쩌면 좋아. 이번엔 무사하지 못할 텐데."

"누가 사고 쳤어요?"

"현도가 도망치다가 붙잡혀 왔어."

쑤라는 순간 머리가 띵했다. 도망? 현도가? 쑤라는 얼른 밖으로 뛰어나갔다.

"헉!"

피투성이가 된 현도가 바닥에 쓰러져 있었다. 벌써 엄청나게 맞은 몰골이었다. 노무계원들은 보이지 않았다. 수대 아저씨가 참

담한 표정으로 현도를 바라보고 있었다. 쑤라는 가슴이 떨렸다. 도망치다가 붙잡힌 사람은 죽을 만큼 두들겨 맞는다는 말을 들었다. 맞다가 죽은 사람도 여럿 있다고 했다.

쑤라는 개울가에서 마주쳤을 때 놀라던 현도 얼굴이 떠올랐다. 어쩌면 그때 개울 위쪽 어딘가에 도망치는 데 필요한 것들을 숨겨 두고 오던 길이었는지도 모른다.

"이 녀석아, 이게 무슨 꼴이냐?"

아저씨가 피에 엉겨 붙은 현도의 눈을 쓰다듬으며 울먹였다.

"반장님, 저 꼭 고향에 갈 거예요. 집에 가고 싶어요."

"가려거든 끝까지 잘 가지 이게 뭐냐. 집에 가기도 전에 맞아 죽겠다, 이놈아."

"죽는 거 하나도 겁 안 나요. 여기서 매 맞아 죽으나 가다 죽으나 죽긴 마찬가진데, 한 발이라도 더 집에 가까워지고 싶어요."

그때 노무계원들이 다케다를 앞세우고 나타났다.

"뭐라고 주둥이를 나불거리는 거야?"

고함 소리와 함께 다케다의 목검이 순식간에 현도의 몸뚱이 위로 날아들었다. 현도는 그 자리에서 고꾸라졌다. 입에서 피가 흘렀다.

"으악, 안 돼요!"

쑤라가 자기도 모르게 비명을 질렀다. 다케다가 고개를 돌려 쑤라를 쳐다보았다.

"누구야!"

다케다가 천천히 걸어와 목검으로 쑤라의 턱을 치켜올렸다.

"넌 뭐야?"

쑤라는 입이 붙어 버렸는지 말이 나오지 않았다. 곁에서 지켜보던 수대 아저씨의 얼굴이 흙빛이 되었다.

"호, 같은 조센징이라고 마음이 아파서 대신 비명을 질러 준 건가? 그럼 저놈도 너와 같은 마음인지 어디 한번 실험해 볼까?"

다케다가 징그러운 웃음을 입가에 흘리며 목검을 쳐들었다. 쑤라는 눈을 질끈 감았다. 귓속에서 벌 떼 수백 마리가 엉겨 붙은 것처럼 윙윙거렸다. 숨이 멎을 것 같았다. 그 순간 어디선가 아버지의 음성이 들려왔다. '기죽지 마라. 기죽지 마라.' 쑤라는 눈을 부릅떴다. 그러고는 모두 들으라는 듯 큰 소리로 또박또박 외쳤다.

"나는, 가와카미 탄광 소속, 러시아어 통역 알렉산드라 세묘노비치입니다!"

그리고 곧바로 러시아어로 다시 말했다. 그 서슬에 다케다가 주춤하는 기색이 역력했다. 그때 오광숙이 앞으로 나서며 말했다.

"맞습니다, 다케다 님. 여긴 소장님 허락으로 우리 합숙소에 배치된 러시아어 통역입니다. 통역 일이 없을 땐 주방 일을 돕고 있지요."

"흠, 그래?"

다케다가 목검을 어깨 위로 내리고 호기심 어린 눈으로 쑤라를 쏘아보았다. 쑤라도 눈길을 피하지 않고 다케다를 똑바로 쳐다보았다. 이내 다케다가 눈길을 돌려 사람들에게 소리쳤다.

"도망치는 놈은 어떻게 되는지 똑똑히 봐 두어라."

다케다는 현도의 턱 밑에 목검을 대고 물었다.

"왜 탈주했나?"

"집에 가려고요."

현도는 퉁퉁 부은 눈꺼풀을 밀어 올리며 앓듯이 대답했다.

"집? 네게는 대일본제국의 성전에 필요한 군수 물자를 조달하는 거룩한 임무가 주어졌다. 그런데 집에 간다고? 바카야로!"

다케다가 현도의 허벅지를 짓밟았다. 현도가 비명을 질렀다.

"네가 탈주하는 것을 사전에 도와준 사람이 있지?"

"없습니다."

"아냐. 분명 도와준 놈이 있을 거야. 그렇지 않고서야 그 짧은 시간에 그렇게 멀리까지 도망칠 수가 없지."

주위에 둘러선 조선인 탄부들의 표정이 어두워졌다. 코에 걸면 코걸이, 귀에 걸면 귀걸이가 된다. 다케다의 속내는 뻔했다. 아무나 엮어 일을 크게 벌일 판이었다. 매는 여러 명이 맞을수록 공포가 극대화되니까.

"혼자서 했습니다!"

"너 혼자 다 뒤집어쓸 필요 없어. 공범이 나오면 네 죄도 반으로 나눠 줄 테니까. 어떤 놈이야? 어서 불어!"

"혼자서 했습니다!"

현도는 흔들림 없이 일관되게 대답했다.

"괜찮으니까 다 불라고!"

퍽, 다케다의 목검이 다시 현도의 옆구리를 강타했다. 억, 현도
는 다시 쓰러졌다. 쓰러지면 일으켜 세우고, 다시 때리고, 또 쓰러
지기를 반복했다. 지켜보는 사람들은 안쓰러운 내색을 하지 않으
려고 애를 써야 했다. 그런 내색을 했다가는 공범으로 몰릴 게 뻔
했다. 다케다는 음흉한 미소를 흘리며 그 짓을 즐기고 있었다.

"우리는 사람입니다!"

다시 일어설 때마다 현도는 독사처럼 고개를 처들고 외쳤다. 쑤
라는 차라리 현도가 기절해 버리길 바랐다. 그러면 미친개처럼
날뛰는 다케다의 발악이 멈춰지겠지 싶었다. 그러나 현도는 기를
쓰고 덤볐다. 왜소한 현도의 어디에서 저런 배짱이 나오는지 쑤
라는 놀라울 뿐이었다.

"좋아. 그렇게 죽고 싶다면 소원대로 해 주지."

약이 오를 대로 오른 다케다가 목검을 내던지고는 허리춤에서
칼을 꺼냈다. 겁을 주려는 모양새가 아니었다. 죽기 살기로 대드
는 현도의 반응에 다케다는 반쯤 돌아 버린 상태였다. 한 손으로
현도의 목을 움켜쥐고 칼을 처들었다. 모두가 보는 앞에서 살인
이라도 저지를 태세였다. 그제야 구경꾼으로 있던 노무계원들이

말리기 시작했다. 아무리 노예처럼 부리는 조선인 탄부라 해도
명백히 잘못된 행위였다. 현도가 피를 머금은 시뻘건 이를 드러내
고 씩 웃었다. 순간 다케다의 얼굴이 있는 대로 구겨지며 눈이 파
르르 떨렸다. 칼을 쥔 손을 다시 들어 올렸다.

"안 돼!"

수대 아저씨가 달려들어 다케다의 등을 세차게 밀쳤다. 다케다
가 현도 몸 위로 엎어졌다. 그 바람에 다케다의 손에서 떨어진 칼
이 아저씨 발아래로 떨어졌다. 아저씨가 얼른 칼을 집어 들었다.
다케다가 목검을 들고 공격 자세를 취했다.

"그, 그게 아닙니다."

아저씨는 다케다의 공격 자세에 손을 내저었다. 현도를 살리기
위해 어쩔 수 없이 한 행동이었다. 그렇게 하지 않았으면 다케다
는 현도의 목을 찔렀을 것이다.

"흠, 싸고도는 걸 보니 네 놈이 도와준 게 분명해. 그렇지?"

목검을 단단히 거머쥔 다케다가 거리를 좁혀 들어왔다. 아저씨
는 일을 크게 만들고 싶지 않았는지 칼을 다케다 앞으로 던졌다.
그 순간 다케다가 바람처럼 달려들어 목검으로 수대 아저씨를 휘
갈겼다. 퍽, 퍽, 퍽. 아저씨가 현도 옆으로 고꾸라졌다.

"이 두 놈, 다코베야로 보내 버려!"

과외 선생

다코베야는 탄광 노무자들의 감옥형 합숙소다. 모든 탄광에는 다코베야가 있다. 체제에 반항하거나 탄광 규율을 어기거나 현도처럼 도망치다 잡힌 사람들은 엄청난 구타를 당한 뒤 다코베야로 보내졌다. 다코베야라고 해서 갇혀만 있는 건 아니다. 밥은 죽지 않을 만큼만 주고, 일은 두 배로 많이 시켰다. 더구나 한번 들어가면 살아서 나오기 힘든 곳이다. 그런 곳으로 수대 아저씨가 끌려갔다고 생각하니 쏘라는 눈앞이 깜깜했다.

"너도 조심해. 노무계원들이 이상한 눈으로 널 지켜보고 있어. 네 얘길 하는 걸 들었어."

오광숙의 느닷없는 말에 쏘라는 깜짝 놀랐다.

"제 얘기요?"

쏘라는 노무계원들이 자기 이야기를 했다는 말에 뜨끔했다.

"조선인이 러시아에 귀화한 경우는 더러 있지만, 갑자기 네가 왜 이곳으로 왔는지 말이야. 그건 나도 궁금하긴 마찬가지지만."

"아!"

쑤라는 오광숙에게 자신의 상황을 말하지 않은 게 미안했다. 그러나 수대 아저씨 말처럼 굳이 말해서 긁어 부스럼을 만들 필요는 없었다. 독립군을 도운 죄로 끌려간 아버지에 대해 함부로 얘기해서는 안 될 것이었다. 그동안 보아 온 오광숙은 심지가 굳고 인정이 많은 사람이지만, 완전한 내 편이라는 보증도 없었다. 그래도 뭔가 말해 주기를 바라는 듯한 오광숙의 눈빛에 쑤라는 난감했다.

그때 갑자기 주방 문이 왈칵 열리며 노무계원이 들어왔다. 순간 쑤라는 가슴이 덜컥 내려앉았다.

"무, 무슨 일이십니까?"

오광숙이 긴장하며 물었지만 노무계원은 오광숙은 보지 않고 쑤라를 향해 다가왔다. 쑤라는 온몸의 피가 다 빠져나가는 것 같았다. 노무계원이 자기를 찾을 일은 없었다. 아저씨 일로 날 잡으러 온 건가? 그런다 해도 이제 어쩔 수 없다. 이 상황에서 쑤라가 할 수 있는 일은 아무것도 없었다. 노무계원이 쑤라 앞에 섰다.

"러시아어 통역을 한다던데, 맞나?"

"네?"

뜬금없이 왜 통역 이야기를 꺼내는지 쑤라는 어리둥절했다.

"따라와!"

노무계원은 다짜고짜 따라오라며 앞장서 갔다. 쑤라는 오광숙을 쳐다보았다. 오광숙도 놀란 표정이었다.

쑤라는 노무계원이 모는 트럭을 타고 어딘가에 도착했다. 커다란 일본식 건물이었다. 건물 앞에는 잘 가꾸어진 정원에 연못도 있었다. 장식 손잡이가 달린 커다란 유리문을 열고 들어갔다. 1층 벽에는 탄광에서 석탄을 캐는 모습이 담긴 사진들이 붙어 있었다. 탄광 홍보물이었다. 넓은 홀을 지나 빨간 양탄자가 깔린 계단을 올랐다. 2층 첫 번째 문 앞에서 노무계원이 멈추어 섰다. '소장실'이라고 쓰여 있었다.

똑똑, 노크를 하자 안에서 들어오라는 일본말이 들렸다. 노무계원을 따라 들어가니 널찍한 책상에 중년의 남자가 앉아 있었다. 가르마 양편으로 반듯하게 나뉜 머리카락에 기름기가 번들거렸다.

"소장님, 데려왔습니다."

따라 들어오는 쑤라를 보고 소장이 눈썹을 찌푸렸다.

"아니, 노무계장이 말한 그 통역이 맞나?"

소장은 통역이 너무 어려 보인다고 생각했는지 실망하는 투로 말했다.

"네. 합숙소에서 주방 일을 하면서 통역도 하는 조건으로……."

노무계원이 변명조로 말을 더듬었다.

"그래. 러시아어가 가능하다고?"

소장이 쑤라를 바라보며 미심쩍은 표정으로 물었다.

"네. 가능합니다."

"호, 그래? 그럼 이걸 읽어 보게."

소장이 종이 몇 장을 쑤라 앞으로 내밀었다. 러시아어가 빽빽하게 인쇄된 종이였다. 쑤라는 종이를 받아들고 술술 읽어 내려갔다. 그리고 그 내용을 번역해 들려주었다. 미심쩍어하던 소장의 얼굴에 만족한 듯한 미소가 어렸다. 러시아 어느 지역에 대한 설명이었다. 쑤라를 시험해 보려고 아무거나 내민 듯했다.

"제법이군. 대화도 가능한가?"

"네."

쑤라에게 러시아어는 모국어나 다름없었다. 어려서부터 듣고 배워 온 말이니까.

"가서 데려와."

소장이 신호를 보내자 노무계원이 잽싸게 밖으로 나갔다.

"넌 조선인이면서 어떻게 러시아어를 하게 되었나?"

"저는 러시아에서 태어났습니다. 제 아버지는……."

쑤라는 아차 싶었다. 여기서 아버지 이야기를 하면 안 되는데. 소장이 캐물으면 큰일이다. 쑤라가 어떻게 둘러댈까 고민하고 있을 때 노무계원이 한 남자를 데리고 돌아왔다. 남자는 어깨를 으쓱하며 매우 답답하다는 표정을 지었다.

"통역 좀 데려와 봐요!"

남자가 소장과 노무계원을 보며 말했다. 러시아인이었다. 물론 소장과 노무계원은 알아듣지 못했다. 소장이 쑤라에게 눈짓을 하며 말했다.

"이자가 도대체 뭐라고 하는 거야?"

쑤라는 소장에게 고개를 끄덕인 뒤 남자에게 말했다.

"저는 알렉산드라 세묘노비치입니다. 제가 통역해 드릴게요."

쑤라의 말에 남자의 눈이 커졌다.

"오우, 그래? 이제야 말이 좀 통하겠군."

"하고 싶은 말이 있으면 저에게 하세요."

"좋아. 이 사람들한테 물어봐. 도대체 왜 나를 여기 잡아 두고 있는지. 난 잘못한 게 없다고!"

쑤라는 소장에게 남자의 말을 그대로 통역했다.

"잘못한 게 없다니, 저놈은 러시아 첩자가 틀림없어. 아니면 왜 여기저기 다니며 사진을 찍어 대는 거야. 정탐하고 있었던 게 분명해!"

쑤라가 소장의 말을 남자에게 통역해 주었다.

"뭐라고? 난 정탐꾼이 아니야. 사진작가라고!"

남자가 카메라 셔터 누르는 시늉을 해 보이며 강력하게 말했다. 쑤라는 들은 대로 남자의 말을 통역했지만, 소장은 믿지 않았다.

사진을 찍은 건 분명 정탐하려는 목적이라며 어디 소속인지 대라고 다그쳤다. 양쪽의 주장이 반복되는 실랑이가 한참 이어졌다. 쑤라가 보기에도 정황상 첩자가 아닌 것 같은데 소장은 믿지 않았다. 쑤라는 진이 빠졌다. 소장이라는 사람은 자기 생각만을 주장하는 고집쟁이 같았다.

"어떻게든 저놈에게서 정보를 캐내!"

소장은 쑤라에게 명령을 내려놓고는 밖으로 나가 버렸다. 노무 계원도 쪼르르 따라 나갔다. 쑤라는 답답했다. 수사관도 아닌 자신이 대체 무슨 정보를 캐낼 수 있을까. 그러나 소장이 돌아오면 뭐라도 알아내 전해 줘야 한다.

"러시아 어디 출신이에요?"

"레닌그라드(지금의 이름은 상트페테르부르크)."

남자는 심문받는다는 기분이 들었는지 딱딱하게 대답했다.

"저는 우랄 지역 페름에서 태어났어요."

"우랄? 너 일본인 아니야?"

쑤라는 고개를 저었다.

"그럼 중국인?"

"아뇨. 카레이스키요."

"카레이스키? 러시아 귀화인?"

"네. 사진작가라고 했죠? 주로 어떤 사진을 찍으세요?"

"나는 세계를 돌아다니며 사람들이 사는 모습을 찍어. 여기선

일본풍 건축물이나 일본 사람들의 풍속 같은 걸 찍었지."

"일본을 좋아하세요?"

"좋아한다기보다 일본인들이 궁금해서."

"뭐가 궁금한데요?"

"일본은 작은 섬나라인데, 아시아의 패권을 쥐고 있잖아. 조선이나 중국, 동남아 나라들까지 그들의 식민지로 만들었지. 우리 러시아도 일본과의 전쟁에서 패한 적이 있고. 일본인들의 그런 힘이 어디에서 나오는지 궁금해."

남자는 일본의 제국주의 정신을 은근히 부러워하는 것 같았다.

"제가 그 궁금증을 풀 수 있을 만한 장소를 아는데 알려 드릴까요?"

"그래? 거기가 어딘데?"

남자는 자기 처지도 잊은 채 무척 반가워했다.

"탄광이요. 가와카미 탄광."

"가와카미 탄광?"

남자는 의외라는 듯 고개를 갸웃했다.

"네. 그곳에 가면 일본의 힘이 어디서 나오는지 보일 거예요. 전쟁을 위해 식민지인들을 끌고 와 어떤 동력으로 쓰고 있는지. 그 증거들을 찍어서 남겨 놓으면 언젠가는 훌륭한 사진으로 평가받을 거예요."

그때 소장이 돌아왔다.

"그래, 뭐 좀 알아냈나? 이놈 첩자 맞지?"

"소장님, 이야기를 나눠 보니 사진작가가 맞는 것 같습니다. 일본의 강한 힘이 어디서 나오는지 궁금해서 일본다운 모습을 찾아 찍고 다녔답니다."

"그래? 확실해?"

"네. 그래서 제가 우리 탄광을 추천했습니다."

"우리 가와카미 탄광?"

소장이 쑤라의 말을 곱씹더니 이내 고개를 끄덕였다.

"그렇지. 대일본제국의 성전을 위해 우리 황국 신민은 불철주야 석탄을 캐 동력을 마련하고 있지. 자네, 그런 생각을 다 하다니 대단하군. 하하하."

입이 귀에 걸리도록 웃는 소장을 보며 남자는 일이 잘 풀리고 있다는 걸 짐작하고 따라 웃었다. 게다가 소장으로부터 탄광 사진을 찍어도 좋다는 허락까지 받자 쑤라를 향해 엄지를 세웠다.

쑤라는 사진작가와 함께 노무계원의 트럭을 타고 가와카미 탄광으로 돌아왔다.

며칠 뒤, 또다시 소장의 호출이 왔다. 쑤라는 노무계원을 따라 소장실로 갔다.

"자네, 내 아들에게 러시아어 과외를 해 주지 않겠나?"

"네?"

쑤라는 뜬금없는 소장의 제안에 놀랐다.

"내 아들이 러시아에서 학교에 다니고 있는데……."

"학교에 다니고 있으면 이미 러시아어를 할 수 있을 텐데요."

"이 녀석이 다 좋은데 고집이 좀 세. 안 가겠다는 걸 내가 우겨서 보내 놨더니 통 공부에 진척이 없어. 러시아말도 제대로 못 하는데 어떻게 성적이 좋겠어."

"아드님이 싫다는데 왜 굳이……."

"내 아들놈을 우리 대일본제국을 위해 큰일을 할 군인으로 만들 거야. 호랑이를 잡으려면 호랑이 굴로 들어가야지."

쑤라는 소장의 아들이 참 힘들겠다는 생각이 들었다.

"그러잖아도 이번 방학에는 가정 교사를 들여서라도 러시아어를 집중적으로 배우게 하려던 참이었지. 자네 정도면 충분하겠어. 사례는 따로 하겠네."

쑤라는 선뜻 내키지 않았지만 못하겠다고 거부할 처지도 아니었다. 어쩌면 이 일이 기회가 될지도 몰랐다. 소장은 이곳 가와카미 탄광에서 제일 높은 사람이니까 어쩌면 다코베야에 갇힌 수대 아저씨와 현도를 구할 수 있을지도 모른다.

"자네 나이가 몇인가?"

"열여섯 살입니다."

"오, 그래? 내 아들하고 동갑이구먼."

소장이 반가운 기색으로 말했다.

"소장님 합숙소 일은?"

"아, 과외 하는 동안에는 나가지 않아도 돼."

소장은 당연하다는 듯 말했다. 그러나 쑤라의 생각은 그와 달랐다. 합숙소에 발을 끊을 수는 없었다. 합숙소에 가야 오광숙으로부터 아저씨 소식을 들을 수 있으니까. 쑤라는 얼른 방법을 생각해 냈다.

"소장님, 과외는 일주일에 사흘 정도가 좋을 것 같습니다. 매일 하면 아드님이 힘들어할 수도 있고⋯⋯."

"흠, 하긴 녀석이 예민해서 반발할 수도 있겠군. 그렇게 하도록 하지. 집에 얘기해 놓을 테니까 내일부터 당장 시작해."

이튿날, 쑤라는 노무계원의 트럭을 타고 소장 집으로 갔다. 노무계원이 초인종을 누르자 안에서 하이, 하고 밝고 경쾌한 목소리가 들렸다. 곧이어 대문이 열리며 화사한 기노모 자락이 먼저 빼꼼 나왔다.

"안녕하세요. 저는⋯⋯."

어디선가 본 듯한 얼굴이었다. 상대방도 쑤라를 보더니 같은 반응을 보였다.

"어머, 우리 본 적이 있지요?"

마오카에서 도요하라역으로 가는 길에 만났던, 그 기모노였다. 옷만 달라졌을 뿐 톤이 높은 목소리는 그대로였다.

"아, 네. 마오카에서."

"맞아요, 마오카! 우리 마오카에서 함께 열차를 탔었지요? 어머나, 다시 보니 반갑네. 당신이 우리 이시로 과외 선생님이 될 줄은 상상도 못 했어요."

아들 이름이 이시로인가 보았다.

"세상에, 이렇게 인연이 되려고 그날 우리가 그렇게 만났었나 보네요."

기모노는 역시 오늘도 화려한 기모노 차림만큼이나 수다스러웠다. 대문에서 정원을 지나 현관에 이를 때까지 쉬지 않고 말을 했다. 아기자기하게 잘 가꾸어진 정원은 안주인의 면모를 고스란히 보여 주었다. 탄광 소장인 남편 덕에 고생이라고는 모르는 온실의 화초 같았다.

집 안으로 들어가자 잘 갖춰진 살림들이 부유한 생활을 말해 주었다. 가와카미 탄광촌에 이런 집이 있다는 게 믿기지가 않았다. 눈 닿는 곳마다 시커먼 석탄 더미만 즐비한 풍경에 익숙한 터라 쑤라는 잠시 딴 세상에 와 있는 것 같았다.

"아드님은?"

"아, 우리 이시로? 금방 내려올 거예요."

기모노는 위층을 올려다보며 이시로, 하고 아들을 불렀다. 그 목소리가 어찌나 간드러지고 부드럽던지 쑤라는 닭살이 돋을 것 같았다.

잠시 후, 나무 계단이 삐걱거리는 소리가 들리더니 바짓가랑이가 보였다. 쑤라는 눈길을 정원으로 돌렸다. 명색이 선생인데, 선생이 목 빠지게 학생을 기다리고 있는 모습으로 인사를 하고 싶지 않았다.

"우리 이시로예요. 이시로, 인사하렴. 오늘부터 네 러시아어 회화 공부를 도와줄 선생님이야."

쑤라는 고개를 돌려 이시로를 바라보았다.

"어? 넌 그, 그 열차?"

"허?"

하바롭스크 열차 안에서 본 그 예의 없는 녀석이었다. 녀석도 어이없다는 표정으로 바라보았다.

"두 사람도 아는 사이였어?"

기모노가 둘을 번갈아 보며 물었다. 희한한 인연이었다. 잠시 스쳐 지나간 사람인 줄 알았는데, 이렇게 다시 만나다니. 이시로는 키만 더 컸을 뿐 여전히 불만이 가득한 표정을 하고 있었다. 그땐 몰랐지만, 이제 그 표정 뒤에 숨은 사연을 알 것 같았다. 아버지의 독재에서 벗어나지 못하는 소심한 아들의 반항심을.

"네. 하바롭스크 열차 안에서, 딱 한 번 마주쳤어요."

쑤라의 대답에 이시로가 기억하기 싫다는 듯 시선을 돌렸다. 하긴 기억하고 싶은 장면은 아니었다. 또래들에게 괴롭힘을 당한 처지에선 치욕스러운 기억일 테니까.

"어쩜 세상에! 둘이 보통 인연이 아니네. 그 넓은 대륙에서 만나고, 이 조그만 섬에서 다시 만나다니 말이야."

기모노의 호들갑이 아니어도 쑤라는 이 재회가 놀라울 따름이었다. 호들갑스러운 인사를 마치고 쑤라와 이시로는 소장의 서재로 들어가 공부할 준비를 했다. 차라리 처음 본 사이라면 과외 선생과 학생으로만 대하면 될 텐데, 어설프게 아는 사이여서인지 무척 어색했다.

"잘 지냈니?"

쑤라가 물었다.

"우리가 안부를 물을 사이는 아닌 것 같은데?"

어색해서 분위기를 바꿔 보려고 한 말인데, 이시로가 삐딱하게 받았다.

"싫으면 네 아버지께 말해서 그만두든지."

쑤라도 삐딱하게 받았다. 이시로가 쑤라를 쏘아보았다. 쑤라는 이시로가 죽었다 깨어나도 그러지 못할 것이라고 생각했다.

"너도 러시아로 유학 갔다 온 거야?"

"난 러시아에서 태어나서 쭉 러시아에서 살았어."

"그런데 왜 지금 가라후토에 있어?"

"그건……."

쑤라는 잠시 망설였다. 사실대로 말할 수도 없지만 적당히 둘러댈 말도 얼른 떠오르지 않았다.

"난 과외 하러 왔지, 너한테 조사받으러 온 거 아니야."

쑤라가 이시로의 눈길을 피하며 말했다. 이시로의 눈빛은 뭔가 집요한 구석이 있었다.

"자, 그럼 이제부터 러시아어 회화 공부를 시작해 볼까?"

놀랍게도 이시로가 러시아어로 유창하게 말했다.

"어떻게 된 거야? 너 설마 아버지를 속인 거야? 왜?"

쑤라는 어이가 없어 이시로를 쏘아보았다. 왠지 놀림당한 기분이었다.

"러시아 유학 생활을 때려치우고 싶어서."

"안 하겠다고 하면 되잖아."

말은 그렇게 했지만 쑤라는 이미 알고 있었다. 소장은 이시로를 위대한 일본 군인으로 키울 거라고 했다. 그래서 러시아라는 호랑이를 잡기 위해 이시로는 호랑이 굴로 보내진 것이었다.

"그래도 여기 있는 것보단 나으니까. 난 이 가라후토가 정말 싫어. 그래서 아버지 말을 따르는 척할 뿐이야."

"러시아도 싫고 가라후토도 싫으면 어디서 살 건데?"

"난 꼭 일본으로 갈 거야. 본토에는 어릴 적 친구도 있고, 할머니와 친척들도 있고, 뛰어놀던 산과 바다도 있고……."

이시로는 전혀 딴사람 같은 표정을 하고 혼잣말처럼 중얼거렸다. 쑤라는 그런 이시로가 달리 보였다. 전쟁을 통해 일본을 세우려는 그의 아버지와는 달랐다.

'넌 네 아버지가 바라는 군인은 절대 못 되겠구나. 다행이다.'

쑤라는 합숙소를 오가며 일본 군인과 마주칠 때마다 두려웠다. 조선인 탄부들을 감시하고 때리고 죽이는 일도 서슴지 않는 그들, 무엇이 그들을 그렇게 잔인하게 만든 걸까. 군복을 벗으면 그들도 평범한 사람으로 돌아올까.

쑤라는 다코베야에 끌려간 아저씨와 현도가 생각났다. 그곳에는 더 악랄한 일본 군인들이 감시하고 있다고 들었다. 아저씨는 지금 얼마나 힘드실까. 아, 아버지는 어디에 계실까.

"무슨 생각을 그렇게 골똘히 하냐?"

"응? 아, 아냐."

쑤라는 어색한 웃음을 지어 보였다.

"넌 뭔가 숨기는 게 많아 보여."

"숨기긴. 내가 뭘?"

이시로가 쑤라를 뚫어지게 쳐다보았다. 이시로의 눈빛은 날카롭고 집요했다. 눈을 마주치지 않으려고 쑤라는 정원 쪽으로 고개를 돌렸다. 기모노가 정원을 살피고 있었다. 참 평화로워 보였다. 어떻게 이렇게 다를까. 같은 하늘 아래, 같은 땅 위에서. 예분이와 아주머니는 한숨과 눈물로 나날을 보내는데.

"그 표정은 또 뭐야? 무슨 생각을 하고 있는 거야?"

이시로가 또 집요하게 파고들었다.

"너 다코베야라고 알아?"

"알지. 탈주범이나 규율을 어기고 반항하는 자들을 관리하는 곳이지. 왜?"

쑤라는 이시로에게 부탁하면 아저씨를 면회할 수 있을지도 모른다는 생각이 퍼뜩 들었다.

"이시로, 나 좀 도와줘. 우리 삼촌이 지금 다코베야에 계셔. 얼마 전에 도망치던 사람을 감싸다가 함께 그곳으로 끌려갔어. 면회 좀 할 수 없을까? 너의 백으로."

"난 탄광 일엔 관심 없어. 우리 아버지한테 직접 말해 봐."

이시로는 단칼에 거절했다. 쑤라는 자존심이 상했다. 말이라도 알아보겠다고 하면 안 되나. 쑤라는 이시로에게 눈총을 쏘고는 주섬주섬 챙겨 일어섰다.

"시간 채웠으니 난 이만 가야겠다. 근데 너 계속 이럴 거야?"

"뭘?"

"계속 나한테 연극시킬 거냐고?"

"연극이라니, 우린 러시아어 회화를 하고 있잖아?"

이시로는 어깨를 으쓱하며 여유를 부렸다. 기모노의 배웅을 받으며 현관을 나서는데 뒤에서 이시로가 러시아어로 소리쳤다.

"내가 한번 알아볼게."

이시로와 과외 아닌 과외를 시작한 지 한 달이 되었다. 소장의 호출을 받고 쑤라는 사무실로 갔다.

"우리 이시로가 제법 러시아어를 하더군. 자네가 잘 가르쳐 주고 있다고."

소장은 아주 만족해했다. 쑤라는 소장의 칭찬에 얼굴이 붉어졌다. 가르친 것도 없는데.

"이건 사례비네."

소장이 봉투를 쑤라 앞으로 내밀었다. 쑤라는 얼른 봉투를 소장 앞으로 밀었다.

"아닙니다. 어차피 합숙소 일 나갈 시간에 온 건데요."

소장이 쑤라를 신뢰감 어린 눈빛으로 바라보았다.

"저…… 소장님, 부탁 하나 드려도 될까요?"

"부탁?"

"삼촌이 다코베야로 끌려가셨는데 면회를 좀……."

다코베야라는 말에 소장의 눈썹이 꿈틀했다.

"거긴 일반인 접근 금지야."

예상했던 터라 쑤라는 목 인사를 하고 일어섰다. 막 문을 열고 나오려는데 소장이 뒤에서 말했다.

"우리 이시로가 공부에 재미를 붙인 게 자네 때문이라고 하니 내 특별히 한번 허락하겠네."

"감사합니다."

며칠 뒤 쑤라는 아주머니와 예분과 함께 다코베야로 갔다. 다코베야는 깊은 산속에 따로 떨어져 있었다. 헛간처럼 허술한 건물 몇 개가 모여 다코베야 합숙소를 이루고 있었다. 안에는 들어

가지 못하고 아래쪽 빨래터에서 아저씨를 기다렸다.

"예분아!"

아저씨가 예분을 부르며 헐렁헐렁 달려왔다. 그 모습이 곧 쓰러질 것처럼 위태로워 보였다. 그새 살이 쑥 빠진 아저씨는 팍 늙어 보였다.

"아버지!"

"아이고, 예분 아버지!"

예분네 가족은 서로 얼싸안고 울었다. 살아 있음을 확인하는 반가운 눈물이었다. 쑤라는 예분네 가족 상봉 장면을 눈물을 흘리며 지켜보았다.

'언제쯤 아버지를 만날 수 있을까. 함께 못 살아도 저렇게 생사라도 확인할 수 있다면 얼마나 좋을까.'

쑤라는 아버지 생각에 눈물이 멈추지 않았다.

"쑤라야, 으흑."

아저씨가 다가와 쑤라의 등을 토닥이며 소리 내 울었다. 친딸인 예분을 끌어안고 우는 것과 다름없이. 다코베야 생활이 얼마나 힘들면 아저씨가 이렇게 서럽게 울까 싶어 마음이 아팠다.

"아저씨, 고생이 많지요?"

아저씨가 쑤라를 애처로운 눈으로 바라보더니 무겁게 입을 뗐다.

"쑤라야, 네 아버지······."

"아버지 소식은 제가 알아볼 테니 아저씨는 몸이나 잘 추스르세요."

쑤라는 아저씨가 이런 힘든 상황에서도 아버지 걱정을 해 주니 고마웠다.

"쑤라야, 아버지가…… 여기 계셨더구나. 다코베야에. 흑."

"네? 그게 무슨 말씀이세요? 우리 아버지가, 여기 다코베야에 계셨다고요?"

아저씨가 고개를 끄덕이며 눈물을 훔쳤다.

"아버지가 다코베야에 계셨다니……. 그럼 지금은 다른 데로 가셨단 말이에요?"

아저씨는 대답은 하지 않고 고개를 푹 숙였다.

"아저씨?"

쑤라가 불안한 마음에 다그쳐 물었다.

"도, 돌아가셨다."

"네? 뭐, 뭐라고 하셨어요?"

갑자기 물속에 잠긴 것처럼 귀가 먹먹했다. 아저씨의 말소리가 멀리서 아득하게 들려오는 것 같았다. 세상의 모든 소리가 까무룩 멀어지고, 소리를 잃어버린 것들이 눈앞에서 흐느적거렸다. 세상과 자신 사이에 투명한 막이 생긴 것 같았다. 아저씨가 눈앞에서 물고기처럼 입을 뻥긋거렸다. 아버지가 돌아가셨다니, 말도 안돼. 아버지가 어떻게 죽을 수가 있어. 나 혼자 남겨 두고. 쑤라는 고개를 세차게 흔들었다. 다리에 힘이 풀려 피그르르 주저앉았다.

"아이고, 쑤라야 정신 차려라. 에그, 불쌍한 것!"

아주머니가 쓰러진 쑤라를 끌어안고 토닥거렸다.

"쑤라야, 쑤라야."

예분도 곁에서 쑤라를 소리쳐 불렀다.

먹먹하던 귀가 뚫렸는지 어느 순간 울음소리가 들려왔다. 쑤라는 눈물도 나오지 않았다. 아저씨가 쑤라의 손을 꼭 쥐었다.

"쑤라야, 내 말 잘 들어라. 아버지가 너를 무척 보고 싶어 하셨더구나. 다코베야 벽에 네 이름이 쓰여 있었다. '보고 싶다 쑤라야, 미안하다. 기죽지 마라. 김두삼'이라고."

"김두삼, 맞아요 우리 아버지."

딸이 지척에서 찾는 것도 모르고, 외롭게 죽어 갔을 아버지. 이제 다시는 아버지를 볼 수 없다는 사실에 쑤라는 너무나 슬프고 분했다. 왜 아버지는 이런 곳에서 죽어야만 했을까.

쑤라는 열에 들떠 며칠 동안 사경을 헤맸다. 예분과 아주머니가 쑤라의 곁을 지키며 물수건으로 열을 내려 주었다.

"얼마나 충격이 컸으면 이렇게 천불을 끓일까. 쑤라야, 그리움일랑 서운함일랑 모두 태워 버리고 훌훌 털고 일어나거라."

"엄마, 쑤라 이제 우리 식구 해요."

"언제는 식구 아니었냐. 이제 부모 없는 천애 고아가 됐는데, 내가 엄마가 돼 줘야지. 누가 물으면 쑤라랑 너랑 쌍둥이라고 해."

컴컴한 어둠 속에서 길을 잃고 울부짖던 쑤라는 어디선가 들려오는 따스한 소리에 귀를 기울였다. 불빛 하나가 쑤라에게 손짓하듯 빛났다. 그 불빛을 향해 쑤라는 한 발, 한 발 걸었다.

'보고 싶다……. 미안하다……. 기죽지 마라.'

쑤라는 아버지의 유언 같은 글귀를 입속으로 중얼거렸다. 눈을 뜨니 예분과 아주머니 얼굴이 바로 눈앞에 있었다. 쑤라의 눈에서 뜨거운 눈물이 주르륵 흘러내렸다.

밟아도 아리랑

온몸이 욱신거리는 느낌에 수대는 눈을 떴다. 눈에 보이는 모든 것이 낯설었다. 집도 아니고 합숙소도 아니었다. 거적때기가 여기저기 흩어져 있고, 퀴퀴한 악취가 진동했다. 천장의 뜯긴 판자때기 사이로 하늘이 보였다.

'여기가 어디지?'

머리가 멍해서 아무 생각도 나지 않았다. 어렴풋이 '다코베야로 보내 버려!' 하던 다케다의 목소리가 귀를 울렸다. 수대는 섬뜩한 생각에 벌떡 몸을 일으켰다.

"으윽!"

허리에서 엄청난 통증이 느껴졌다.

'여기가 다코베야?'

수대는 다코베야에 대해 소문은 많이 들었다.

가라후토의 여러 탄광에는 다코베야가 빠짐없이 있었다. 다코베야로 유배된 사람들은 주로 조선인들이었다. 일본인들은 다코베야를 '조선인 훈련소'라고 부르며 깡패 출신의 일본인을 감독으로 배치했다. 이들은 다코베야의 탄부들을 짐승처럼 다루었고, 병들어 일하지 못하는 사람은 생매장도 서슴지 않았다. 다코베야 옆에 있는 폐광은 생매장된 노무자들의 무덤이라는 소문이 있었다.

수대는 온몸이 오싹해졌다.

'현도는?'

현도 생각이 들자 수대는 주변을 두리번거렸다. 현도도 이곳 어딘가에 있을 성싶었다. 찬찬히 방 안을 살폈다. 맞은편 벽 아래에 있는 거적때기가 꿈틀거리는 게 보였다.

"거기 누구 있소?"

아무 대답이 없었다. 몇 번을 부른 끝에 실낱같은 신음 소리가 들렸다.

수대는 힘겹게 몸을 일으켰다. 다리를 끌며 천천히 다가가자 비릿한 피 냄새가 맡아졌다. 수대는 얼른 거적때기를 벗겼다. 얼굴이 짓뭉개져 피투성이가 된 현도였다.

"현도야, 정신 차려라. 정신 놓으면 안 된다. 살아서 집에 가야지. 이놈아, 눈 떠 봐!"

축 처진 현도를 끌어안고 수대는 오열했다.

"천벌을 받을 놈들아! 이 어린것이 뭔 죄가 있다고."

수대는 이를 뿌드득 갈았다. 억울해서 이대로 죽을 수는 없을 것 같았다. 수대는 현도의 몸을 계속 흔들었다. 그러자 현도의 눈두덩이 움직이더니 힘겹게 눈꺼풀이 열렸다.

"반, 장, 님."

현도가 짓이겨진 입술을 떼 수대를 힘겹게 불렀다.

"그래, 나다. 나 알아보겠냐?"

수대는 목이 메었다. 현도의 앙상한 갈비뼈 사이에서 씨근덕씨근덕 숨이 살아나고 있었다. 이 몸 어디에 그런 강단이 숨어 있었나. 그토록 맞으면서도 외쳐 대던 말. '나는 사람입니다.'

그때였다. 뒤에서 목소리가 들려왔다.

"그놈 명줄 한번 질기네."

깜짝 놀란 수대가 돌아보았다. 작업복 차림의 남자가 서 있었다. 덥수룩한 수염에 가려진 얼굴로는 나이를 짐작하기 어려웠다.

"누구요?"

"이곳에 먼저 던져진 사람이오. 죽진 않을 것 같소."

남자가 퀭한 눈으로 현도를 가리키며 말했다.

"여기가 다코베야요?"

수대가 남자에게 물었다. 이미 짐작은 했지만 확인차 물었다.

"그렇소."

"난 가와카미 탄광에서 일했소. 기수대라 하오."

"예서 통성명은 금물이오. 난 박이오."

그때 문밖에서 쇠붙이 부딪치는 소리와 함께 수런거리는 소리가 들려왔다. 수대가 깜짝 놀라자 박이 말했다.

"채탄 끝내고 식당으로 가는 길이오."

"박 형은 안 가오?"

"오늘 저녁은 금식당했소. 여기 감독 놈이 내 눈빛이 맘에 안 든다며 자꾸 시비를 걸어 굶긴다오. 실은 내가 그놈의 눈을 애꾸로 만들어 버렸거든."

　박은 수염 사이로 희미한 웃음을 흘렸다.

"웬만하면 갱도에 나가 일을 하시오. 이대로 있으면 저 감독 놈이 생매장하려 들 거요."

　수대는 이틀 뒤부터 박을 따라 갱으로 들어가 일을 했다. 일하지 않는 사람은 밥을 주지 않았다. 굶어 죽지 않으려면 일을 해야 했다. 수대는 자신의 밥을 나누어 현도에게 먹였다.

　수대는 교대 없이 온종일 일을 했다. 석탄을 캐고 나르고 통나무로 지렛대를 세웠다. 가와카미 탄광과 다른 점이 있다면 그런 일들이 분야별로 나뉘어 있지 않았다. 또 이곳 탄부들 중에는 발목에 쇠고랑을 찬 무리도 있고, 수갑을 찬 채 채탄을 하는 무리도 있었다. 모두 꼭 필요한 말 이외에는 입을 열지 않았다.

　현도는 차츰 기력을 찾아가고 있었다. 열흘쯤 지나자 일어나 벽에 기대고 앉았다.

"한창 크는 몸이라 털고 일어나는구나. 이제 됐다."

수대는 현도가 안쓰러워 자식처럼 보살폈다. 도망치다 붙잡힌 현도를 감싸다 다코베야에 갇히긴 했지만 현도의 억울한 마음을 누구보다 잘 알기 때문이다.

현도가 기운을 차리고 일을 따라나서는 첫날, 박이 물었다.

"다코베야가 무슨 뜻인 줄 아나?"

"다코는 문어 아닙니까?"

"그래. 다코베야는 문어방이라는 말이지. 어부들이 문어를 잡으려고 설치하는 통발이 있지. 문어는 통발에 갇히면 살기 위해 자기 다리를 하나씩 뜯어 먹는다. 여덟 개의 다리를 다 뜯어 먹는 데 반년 정도 걸리지. 더 이상 먹을 것이 없을 때 문어는 죽어."

현도는 박이 왜 자신에게 문어 이야기를 하는지 알 것 같았다. 문어가 되지 않으려면 어떻게 해야 하는지 잘 판단하라는 뜻이었다.

"여긴 지옥이야. 극한의 상황에 빠질 수도 있어. 살아남아야 한다. 살아남으면 밖으로 나갈 날이 반드시 온다."

박은 보기와는 다르게 따뜻한 구석이 있었다.

현도는 죽음의 문턱에서 살아난 뒤 달라졌다. 살고 싶었다. 자신을 아들처럼 위해 주는 수대 반장님이 있어 의지가 되었다. 꼭 함께 살아남아서 가족의 품으로 돌아가자고 약속했다.

"박 형은 어쩌다 이곳에 갇히게 되었소?"

수대가 조심스럽게 박에게 물었다.

"흐흐, 배가 너무 고파서 점심 도시락을 몰래 까먹어 버렸소. 노무계원에게 들킬까 봐 빈 도시락에 석탄을 채워 넣었다가 들켰지. 규율을 어겼다는 죄목으로 다코베야로 보내 버리더군. 그게 수년 전이오."

"아니, 도시락을 먹었다고 여기로 보내요?"

현도가 어이없다는 듯 눈을 크게 뜨고 물었다.

"지금은 어떤지 모르지만, 내가 있던 곳에선 노무계원이 불시에 도시락을 점검하곤 했지. 도시락을 미리 먹어 버리면 오후 작업에 차질이 생긴다며. 그런 사람이 한둘이 아니었어. 용케 들키지 않았을 뿐이지. 여기 와서도 문제를 일으키면 발목에 쇠고랑을 채워 버리지."

수대는 쇠고랑을 찬 채 채탄을 하는 사람들을 떠올렸다.

어느 날, 수대는 고뿔이 걸렸는지 열이 펄펄 끓었다. 일도 나가지 못했다. 혼자서 덩그러니 누워 끙끙 앓았다. 약 같은 건 있지도 않았다. 오한이 들어 거적때기를 덮어쓰고 누웠다. 이가 딱딱 부딪치고 눈이 타는 듯 뜨거웠다. 이대로 죽을 것만 같았다. 까무룩 정신이 흐려졌다.

"예분아, 예분……. 콜록, 콜록!"

수대는 정신을 잃지 않으려고 예분을 부르며 눈을 부릅떴다. 그때 벽에 있던 낙서가 눈에 들어왔다. 정신을 붙잡으려고 낙서에

더욱 집중했다.

'어머니, 배고파요. 보고 싶어요.'

낙서를 읽는 순간 수대는 코끝이 찡해졌다. 그도 현도처럼 소년 탄부였을까. 어찌 되었을까. 살아서 어머니에게 돌아갔을까. 아니면……. 벽에는 그것 말고도 낙서가 많았다. 흐릿해져 읽을 수 없는 것도 있고, 굵게 써 놓은 것도 있고, 영원히 지워지지 않게 새겨 놓은 것도 있었다.

'고향에 가고 싶다.'

'어머니가 주신 5전은 죽을 때까지 갖고 가겠습니다.'

수대는 헉헉 열을 뿜어내며 누운 채 낙서들을 손으로 더듬어 나갔다. 절절한 그리움과 아득한 절망이 손끝에서 느껴졌다. 낙서를 따라가던 수대의 눈이 파르르 떨렸다.

"헉?"

'보고 싶다 쑤라야, 미안하다. 기죽지 마라. 김두삼.'

수대는 벌떡 일어나 앉았다.

그토록 찾던 쑤라 아버지, 빅토르 통역관님이 이 다코베야에 있었다. 막연하게 짐작은 했었지만 눈앞의 낙서를 보니 심장이 내려앉는 것 같았다. 불길한 느낌이 온몸을 엄습했다. 이곳에 온 뒤로 통역관님을 보지 못했기 때문이다. 1,200여 명의 탄부들이 있다지만 이곳에 있다면 분명 한 번은 만났을 것이다. 다른 곳으로 옮겨 갔나?

일을 끝내고 탄부들이 돌아오는지 밖에서 발소리가 들렸다. 잠시 후 현도가 안으로 들어오다 앉아 있는 수대를 보고 반가워 달려들었다.

"반장님, 괜찮으세요?"

현도가 이마를 짚어 보더니 열이 내렸다며 안도의 표정을 지었다. 뒤따라 들어온 박도 수대의 상태를 확인하고 고개를 끄덕였다.

"그만하길 다행이오."

수대는 한참을 동상처럼 벽을 보고 앉아 있었다. 박이 수대의 어깨를 툭 쳤다. 수대가 박의 손목을 잡았다.

"박 형, 여기 얼마나 있었소?"

수대의 심상치 않은 표정에 박이 놀라 쳐다보았다.

"3년 정도 되었소만."

"그렇다면 빅토르, 아니 김두삼이라는 사람을 아시오?"

박의 눈이 커졌다. 수대가 벽의 낙서를 짚었다.

"이거 그분이 써 놓은 거요. 딸 쑤라에게."

"맞소. 종종 딸 이야기를 했었소. 그런데 당신이 그분을 어찌 아오?"

"우린 의형제를 맺은 사이라오. 지금 그 딸 쑤라가 우리 집에 와 있소. 그런데 여기서 그분을 못 본 것 같은데……. 다른 곳으로 가신 거요?"

"……돌아가셨소!"

수대는 가슴에 무거운 돌덩이가 내려앉는 것 같았다. 쑤라 얼굴이 떠올랐다.

"병으로?"

"사고였소. 아니, 사고를 막다가."

박은 김두삼의 이야기를 수대에게 자세하게 전해 주었다.

김두삼은 1년 전 이곳 다코베야에 들어왔다. 겉모습으로 보아 탄광 일을 하다 끌려온 것 같진 않았다. 몸 곳곳에 고문의 상처가 남아 있었지만 노무자처럼 보이지는 않았다. 탄부들은 어딘지 모르게 자기들과는 달라 보이는 김두삼에게 쉬이 곁을 내주지 않았다. 김두삼은 그저 묵묵히 자기 일을 할 뿐이었다.

어느 날, 5번 갱도가 무너지는 사고가 일어났다. 석탄을 캐던 막장의 천장에서 커다란 석탄 덩이가 떨어지면서 갱목이 무너졌다. 그 바람에 천장이 내려앉았다. 막장에서 탄을 캐던 탄부들이 갇혀 버렸다.

"갱이 무너졌다! 사람이 갇혔다!"

놀란 탄부들이 우왕좌왕 소리치며 무너진 막장 앞으로 모여들었다. 작업반장이 간부를 부르러 뛰어나갔다. 탄으로 막힌 막장 안쪽에서 비명 소리가 들려왔다.

그때 무너져 내린 막장 옆 벽에서 쉬, 소리가 났다.

"가스다!"

모두 놀라 그쪽을 바라보았다. 그런데 그 소리가 다른 때와 달랐다. 석탄을 캐다 보면 가스가 새는 경우가 종종 있다. 석탄층 사이에는 가스가 매장되어 있기 때문에 잘못 건드리면 구멍에서 가스가 새 나오곤 했다. 대부분은 석탄가루를 물에 개어 구멍을 막으면 되지만 이번 것은 심상치 않아 보였다. 쉭, 쉭, 소리로 보아 분출량이 많은 것 같았다.

"비켜!"

연락을 받고 간부 두 명이 달려왔다.

"가스도 새고 있습니다."

탄광 전문가인 간부들은 무너진 막장과 가스 구멍을 살피더니 심각한 표정을 지었다. 간부들의 일거수일투족을 주시하던 탄부들의 눈빛이 두려움으로 변했다. 가장 두려워하던 일이 터졌음을 직감했다.

"몇 명이 갇혔나?"

간부가 작업반장에게 물었다.

"아홉 명이 있었습니다."

"가스 분출량이 너무 많다. 모두 갱 밖으로 나가라!"

간부의 말에 탄부들이 난감한 표정을 지었다. 무너진 막장을 바라보다 간부의 얼굴을 바라보다 했다.

"죽고 싶나? 어서 나가라니까!"

간부가 소리를 빽 질렀다. 그제야 꿈에서 깨어난 듯 탄부 몇 사람이 주춤주춤 돌아섰다.

"안 됩니다!"

순간 목소리 하나가 갱도를 뒤흔들었다. 모두 깜짝 놀라 목소리의 주인을 쳐다보았다. 김두삼이었다. 늘 조용하기만 하던 사람이라 모두 놀란 눈치였다.

"뭐야?"

간부가 김두삼 앞으로 성큼성큼 다가갔다. 감히 명령을 거부한 놈을 메다꽂기라도 할 듯이. 그러나 김두삼의 눈빛을 본 간부는 움찔했다.

"사람이 저 안에 갇혔는데 구해야 할 것 아닙니까? 살려 달라는 저 소리가 안 들립니까!"

김두삼은 일본인 간부와 조선인 탄부들을 향해 부르짖었다.

"저 탄을 다 치우는 동안 가스가 갱 안을 채울 것이다. 그럼 너희들 모두 죽는다. 빨리 밖으로 나가야 한다."

간부의 말이 끝나자 탄부들이 술렁대기 시작했다.

"함께 살 방법을 알려 주십시오! 당신들은 전문가니까 방법을 알 것 아닙니까."

김두삼의 말에 간부가 곤혹스러운 표정을 지었다.

"가스 구멍을 막으면, 갇힌 사람들을 구해 낼 시간을 벌 수 있지 않습니까?"

간부는 김두삼을 뚫어지게 바라보았다. 그의 흔들림 없는 눈동자에 믿음이 간 듯했다.

"방법이 있긴 하지만, 위험하다."

사실 간부도 5번 갱도를 포기하고 싶지 않았다. 그동안 파 들어간 거리와 시간, 그리고 확인된 석탄 매장량을 생각하면 아까웠다. 무엇보다 지금까지 양질의 석탄이 나오고 있었다.

"알려 주시오! 그 방법을."

김두삼의 표정은 결연했다.

"한쪽에선 진흙을 개어 가스 구멍을 막고, 동시에 다른 한쪽에선 무너진 갱도의 탄을 파내면 된다. 그러나 위험이 따른다. 가스를 많이 마셔 죽을 수도 있다. 그래도 할 수 있겠나?"

간부의 말이 끝나자 김두삼이 탄부들을 향해 외쳤다.

"여러분! 저 안에 갇혀 있는 사람들, 내일의 나일 수 있습니다. 저 사람들을 살립시다. 저들이 무슨 죄가 있어 이 먼 이국땅에서 죽어야 합니까. 고향으로 함께 돌아가야지요. 살아서……."

김두삼은 목이 메어 말을 잇지 못했다. 그래도 선뜻 나서는 사람이 없었다.

"시간이 흐르고 있습니다. 가스가 갱도를 채우고 있습니다. 어서 저 구멍을 막아야 합니다. 막장 안에 갇힌 사람들도 시간이 많지 않습니다. 저 사람들 우리 동포입니다. 제발 저들을 외롭게 죽어 가게 하지 맙시다!"

몇 사람이 김두삼의 말에 고개를 주억거렸다. 그러자 간부가 김두삼의 말에 힘을 실어 주기 위해 제안을 했다.

"포상을 걸겠다! 실패할 수도 있으나 일이 잘 해결되면, 전원 이틀의 휴가를 주겠다."

간부의 말에 탄부들의 눈이 번쩍 뜨였다. 다코베야에서 이틀의 휴가란 상상도 할 수 없는 포상이었다.

"좋소. 한번 해 봅시다."

박이 먼저 나섰다.

"나도 하겠소. 이래 죽으나 저래 죽으나."

망설이던 사람들이 하나둘 나서기 시작하더니 전원이 다 자원했다. 포상을 걸긴 했지만 이를 본 간부도 놀라는 눈빛이었다. 곧바로 작업에 들어갔다.

"진흙과 물을 보내 주십시오."

간부는 서둘러 석탄 운반차에 진흙과 물을 보내왔다.

"수건으로 코와 입을 가리시오. 자, 서두릅시다!"

김두삼은 진흙을 물에 개어 덩어리를 만들었다.

"진흙을 빨리 구멍에 바릅시다. 구멍 가까이에서는 되도록 숨을 참으시오. 신속히 움직입시다. 그리고 나머지 분들은 무너진 갱도의 탄을 신속히 파내십시오. 이 두 가지가 동시에 되어야 합니다."

사람들은 진흙 덩이를 신속하게 가스 구멍에 발랐다. 그러나 가스 분출량이 많아 발라 놓은 진흙이 터져 버렸다.

"더 빨리 합시다. 어서!"

젖 먹던 힘을 다해 진흙을 발라 나갔다. 바르면 터지고, 또 바르면 또 터졌다. 수십 번을 반복한 끝에, 드디어 가스 새는 소리가 나지 않았다. 사람들이 환호성을 질렀다.

"와, 진흙이 자리를 잡았다!"

땀에 젖은 탄부들의 눈이 희망으로 빛났다. 막힌 갱도를 파 들어가는 사람들도 땀범벅이었다. 이들은 안에 갇힌 사람들에게 소리를 지르며 생존을 확인했다. 그러나 그동안 새어 나온 가스에 노출된 탄부들은 체력이 급격히 떨어졌다. 어지럽고 숨쉬기가 힘들어졌다. 김두삼도 마찬가지였다.

"조금만 더 힘을 냅시다!"

김두삼은 지쳐 가는 사람들을 독려해 막힌 굴을 뚫었다. 석탄 가루를 잔뜩 뒤집어쓴 탄부들이 하나둘 막장에서 기어 나왔다. 다행히 막장 안에 갇혀 있던 사람들은 무사했다.

"정말 고맙소. 이 은혜 잊지 않겠소."

막장 안에서 살아 나온 탄부들이 김두삼과 동료들에게 진심으로 감사를 표했다. 모두의 시커먼 얼굴 위로 땀인지 눈물인지 모를 것이 흥건했다.

그러나 김두삼은 그 일이 있은 후, 시름시름 앓더니 보름 만에 운명을 달리하고 말았다. 고문으로 몸이 쇠약해진 상태라 가스 중독을 이겨 내지 못한 것이었다.

박으로부터 김두삼의 행적을 전해 들은 수대는 눈물을 흘렸다.

'형님, 역시 형님답소. 내 인생에서 형님을 만난 건 큰 행운이었소. 형님이 바라는 그런 세상은 언제쯤 오겠소. 언제쯤에나 내 나라에서 사람대접받으며 살 수 있겠소. 형님, 쑤라는 걱정 마시오. 형님 대신 내가 아비 노릇해 줄 테니.'

수대는 볼을 타고 흘러내리는 눈물을 주먹으로 닦았다.

늦은 밤, 다들 잠이 들었나 싶었는데 어디선가 신음 소리가 들려왔다. 가끔 들려오는 이 소리는 좀 이상했다. 어디선가 소리가 시작되면 여기저기서 따라 하며 점점 퍼져 나갔다. 신음도 전염되나 보다 생각했다. 그런데 오늘 자세히 들으니 그것은 신음이 아니라 노랫소리였다. 일정한 리듬을 타고 있었다. 노랫말도 들렸다.

밟아도 밟아도 죽지만 마라
또다시 꽃 피는 봄이 오리라.

"저건 여기만의 진통제요. 〈밟아도 아리랑〉. 일본인 감독관이 알아듣지 못하도록 입안에서 웅얼웅얼, 얼핏 들으면 신음처럼 들리지."

옆에서 박이 수대에게 속삭였다.

'밟아도 아리랑?'

어느 순간 수대는 자기도 모르게 노래를 따라 하고 있었다.

음모
∧

    아버지의 죽음이 안겨 준 충격으로 쑤라는 꼬박 닷새를 죽은 듯이 누워 있었다. 지금까지 살아온 힘이, 살아갈 이유가 모두 아버지였다는 듯 아버지가 빠져나간 자리는 절망의 구렁텅이였다. 합숙소에 나가 노무자들의 식사 준비를 하는 일도, 이시로의 러시아어 과외를 하는 일도 쑤라에겐 아무 의미가 없어졌다. 그 모든 것이 아버지의 그림자에 닿아 있었다. 아버지가 끌려간 곳이기에 가라후토에 왔고, 아버지의 그림자가 비쳤기에 가와카미 탄광에 온 것이었다. 그러나 이제 이 땅 어디에도 아버지는 없다.

    "쑤라야, 우리 바람 쐬러 나갈까?"

    혼이 빠진 사람처럼 멍하니 앉아 있는 쑤라에게 예분이 물었다. 예분은 종일 곁에서 쑤라를 보살폈다.

    "아니."

"그럼 우리 수제비 해 먹을까?"

"아니."

쑤라는 가고 싶은 곳도, 먹고 싶은 것도 없었다. 예분이 말없이 쑤라의 어깨를 감싸 안았다.

"괜찮아. 다 괜찮아질 거야."

이제 예분은 어둠의 터널을 완전히 빠져나온 듯했다. 공포의 기억 때문에 부모님 뒤에 숨어 벌벌 떨던 예분이 아니었다.

예분과 아주머니의 보살핌으로 쑤라는 서서히 기운을 차려 갔다. 사람이 무엇인지, 사는 일이 무엇인지, 아버지를 잃고도 살 수가 있었다.

어느 날, 노무계원이 찾아와 신경질을 부렸다.

"죽을병에 걸린 거야 뭐야? 소장님이 아드님 공부는 언제 시작할 거냐고 성환데. 그러다 잘리는 수가 있어!"

잘리는 게 대수인가. 쑤라는 개의치 않았다. 전에는 아버지를 찾기 위해 일자리가 필요했지만, 이제 아쉬울 것도 무서울 것도 없었다. 하지만 이시로의 과외는 매듭을 짓고 싶었다. 쑤라는 무거운 마음으로 노무계원을 따라나섰다.

"아팠다면서? 해쓱한 게 얼굴은 더 예뻐 보이네?"

이시로가 걱정했던 마음을 장난으로 돌려 말했다.

"오늘 회화는 무슨 주제로 할까?"

쑤라는 이시로의 말을 무시하고 주어진 임무만 수행하겠다는 결의를 보였다.

"찬바람이 쌩쌩 부네."

쑤라는 일부러 이시로와 눈을 마주치지 않았다. 들어오면서 기모노에게도 살짝 머리만 숙여 보였다. 기모노가 반갑게 맞이하며 팔을 잡자 팔 언저리에서 소름이 쫙 돋았다. 쑤라는 일본이 싫었다. 자신에게 일어난 모든 불행이 일본 때문이라는 생각이 들었다. 아버지가 독립군을 돕다 끌려와 다코베야에서 외롭게 죽어 간 것도, 현도가 탈주를 하게 된 것도, 수많은 조선인 노무자가 노역에 시달리다 고통스럽게 죽어 가는 것도 다 일본 탓이다. 게다가 예분이를 짓밟으려 해 놓고도 발뺌하는 몰염치한 일본인이 싫었다.

이시로는 전쟁광인 지금의 일본보다 예전의 일본을 사랑한다고 했다. 그래서 아버지에게 반발한다고 했다. 이시로에게 조국인 일본은 과연 어떤 의미일까. 전쟁을 일삼는 조국이 싫고, 자신을 군인으로 만들려는 아버지가 싫다면 당당하게 말해야지. 속으론 싫으면서 못 이기는 척 시키는 대로 하는 건 비겁한 짓이다. 열차 사건만 봐도 그렇다. 러시아 아이들에게 괴롭힘을 당하면서도 그 아이들 곁을 떠나지 못했다. 무서워서가 아니라 편한 방법을 택한 것이다. 그런 이시로도 싫었다.

이시로의 달력에 그려진 동그라미를 보니 2주 뒤면 이시로는 하바롭스크로 떠난다. 새 학기 준비를 하려면 2주 전에는 가야 한다. 그때까지만 참으면 된다.

"방학이 끝나 가네. 곧 떠나야겠네?"

쑤라가 일어서며 말했다.

"아마도. 아닐지도."

이시로의 야릇한 말투에 쑤라는 짜증이 났다. 밉다 생각하니 말투도 거슬렸다. 이거다 저거다 확실하게 말하지 못하는 바보. 쑤라가 날카롭게 쏘아보자 이시로가 재빨리 눈길을 피했다. 뭔가 들킨 것처럼. 떠나건 말건 무슨 상관인가. 쑤라는 이시로를 외면한 채 대문을 나왔다.

며칠 후, 마지막 수업을 위해 이시로 집으로 갔다. 그런데 오늘 따라 소장이 집에 있는지 대문 앞에 차가 세워져 있었다. 소장뿐만 아니라 여러 사람이 모여 있는지 현관에 벗어 놓은 신발이 빼곡했다.

'집에서 회의를 하나?'

현관에 들어서자 이시로가 서재 방문에 귀를 대고 있었다. 쑤라를 본 이시로가 밖으로 나가자는 신호를 했다. 쑤라는 이시로에게 떠밀려 뒤꼍으로 갔다. 이시로가 주변을 두리번거렸다.

"왜 그래?"

이시로의 얼굴이 벌겋게 상기되어 있었다. 마치 못 볼 걸 본 사람처럼. 그러더니 양손을 허리에 대고 하늘을 보며 씩씩거리다

긴 한숨을 토해 냈다.

"왜 그러냐고?"

쑤라는 이시로의 행동이 의아했다. 무얼 엿들었기에 저렇게 안절부절못할까.

"아버지랑 싸웠냐? 러시아에 돌아가지 않겠다고?"

쑤라가 장난삼아 물었다. 그런데 이시로가 심각한 얼굴로 되물었다.

"네가 일하는 조선인 합숙소 이름이 뭐랬지?"

"보국합숙소. 왜?"

"몇 명이나 있어?"

"그건 알아서 뭐 하려고? 한 300명쯤······."

쑤라는 이시로의 눈을 보고 그만 입을 다물고 말았다. 이시로의 눈에 눈물이 차올랐다. 분노 같기도 하고 절망 같기도 한 무언가가 이시로의 눈에서 몰아치고 있었다.

"너 무슨 일 있구나? 대체 무슨 일이야?"

쑤라는 좋지 않은 예감이 머리를 스쳤다. 어제 합숙소 주방에서 있었던 일이 불쑥 떠올랐다. 퇴근길에 보니 웬일로 주방에 청어가 수북하게 쌓여 있었다. 과일도 보였다. 처음 보는 광경에 놀라 오광숙에게 물어보았다.

"내일 노무계장 생일이라고 특별히 한턱내는 거래."

살다 보니 별일이 다 있다며 오광숙이 중얼거렸다.

"노무계장님 생일요? 천황 폐하 생일에도 이만큼은 아니었는데."

평소에는 냉랭하기 짝이 없는 노무계장인지라 쑤라는 좀 이상했다. 그러나 굶주린 조선인 탄부들이 맛있게 먹을 걸 생각하니 어쨌든 다행이다 싶었다.

그런데 그게 왜 이상하다는 생각이 자꾸만 드는 걸까. 쑤라는 불안한 마음으로 이시로를 쳐다보았다.

"우리 일본이 전쟁에서 졌대. 천황 폐하께서 어제 항복을 선언했어."

"그래?"

뜻밖의 소식에 쑤라는 눈이 휘둥그레졌다. 그렇다면 노무계장의 행동이 더욱 이해되지 않았다. 위대한 천황 폐하의 신민이라며 목에 잔뜩 힘을 주던 그동안의 모습에 비춰 볼 때 앞뒤가 맞지 않았다. 전쟁에 진 마당에 자신의 생일이라고 한턱낸다는 건 어불성설이다.

"그런데 숫자가 맞지 않네. 다른 곳인가? 분명히 1,200명이라고 들었는데."

이시로가 불안한 얼굴로 중얼거렸다.

"야, 대체 무슨 소리야? 똑바로 말 좀 해 봐!"

쑤라는 답답해서 이시로의 팔을 움켜쥐고 흔들었다.

"본국에서 철수 명령을 내렸대. 우린 곧 일본으로 떠날 거야. 그런데……."

이시로가 또 말을 끊었다. 쑤라는 침을 꼴깍 삼켰다.

"그런데 뭐?"

"아까 긴급회의에서 하는 말이, 조선인 노무자들을……."

"조선인 노무자들을 뭐?"

쑤라는 답답한 나머지 소리를 꽥 질렀다. 이시로가 깜짝 놀라 쑤라의 입을 틀어막았다. 도대체 무슨 말이기에 이토록 뜸을 들이는지. 음식에 독이라도 푼다는 건가? 이시로가 말을 하지 못하고 망설이는 건, 이 비밀을 누설함으로써 자신의 아버지가 처할 곤경 때문이겠지. 이시로의 아버지는 가와카미 탄광의 총책임자니까. 이시로 입장이 이해는 되지만, 그가 이럴 정도라면 뭔가 엄청난 음모가 있는 것이 분명했다.

"이시로, 무슨 일 있는 거 맞지? 말해 줘. 네가 이러는 거 이해해. 하지만 넌 다른 일본인들과 다르잖아. 내가 아는 넌, 진짜 힘이 무엇인지 알고 있어. 넌 전쟁을 싫어하잖아. 그래서 네가 좋았어."

이시로가 쑤라를 바라보았다. 그는 아이처럼 두려움에 휩싸인 눈빛이었다.

"이제 알 것 같아. 1,200명이면 그곳이야. 다코베야! 조선인 탄부들이 위험해!"

"도대체 무슨 소리야?"

"아까 들으니까, 폐광으로 모이라 해서 한꺼번에…… 모두 죽일 거라고."

"뭐라고?"

쑤라는 숨이 턱 막혔다. 다리가 후들거렸다. 아저씨와 현도 얼굴이 떠올랐다. 아버지 얼굴도 떠올랐다. 무너진 갱 안에 갇힌 사람들을 구하려고 목숨을 건 아버지도 있는데, 어떻게 인간의 탈을 쓰고 그런 음모를 꾸밀 수가 있을까.

"다코베야를 목표로 한 건, 아마도 세상에 드러나서는 안 될 치부가 있기 때문일 거야. 아까 하는 얘기를 들으니까 그곳에서 탄부들이 많이 죽어 나갔대. 그 증거들을 없애려고 한 명도 살려 보내서는 안 된다고 했어."

이시로의 말을 듣고 쑤라는 입이 다물어지지 않았다.

저희가 저지른 엄청난 만행이 세상에 드러날까 봐 다코베야에 유배된 조선인 탄부들을 몰살하려 들다니. 그들은 인간이 아니었다.

"사람이 아니야, 너희 일본인들. 전쟁에 진 분풀이를 죄 없는 사람들을 상대로……."

쑤라는 살이 떨려 목소리까지 떨렸다.

"패전을 예감하고 며칠 전부터 계획했던 것 같아. 나도 조금 전에야 알았어."

"언제야? 그 천벌 받을 짓을 언제 한대?"

"오늘 세 시. 탄부들이 교대할 시간에. 밀린 임금을 나눠 준다고 하면 다들 모일 거라고 했어. 전쟁이 끝난 걸 알게 되면 소동을 일으킬지 모르니까."

"세 시…… 아직 시간이 있어."

쑤라가 입술을 앙다물고 이시로를 바라보았다. 이시로가 고개를 끄덕였다. 말하지 않아도 쑤라의 마음을 안다는 뜻이었다.

"이시로, 나를 좀 도와줘."

"알았어. 엄마한테 개학 준비 때문에 너랑 다녀올 데가 있다고 할게. 인력거 부를 테니까 조금만 기다려. 합숙소까지 태워다 줄게. 그다음부턴 너 혼자서 해야 돼. 할 수 있겠어?"

"할 수 있어."

인력거가 달리는 동안 쑤라와 이시로는 한마디도 나누지 않았다. 그러나 두 사람의 생각은 같았다. 무고한 희생을 막아야 한다는 것이다. 이시로는 처음으로 아버지의 뜻을 거슬렀지만 두렵지 않았다.

합숙소 앞에서 쑤라를 내려 주고 인력거를 돌리려던 이시로가 머뭇거렸다.

"경비가 삼엄할 거야. 조심해. 그리고 꼭 성공해라."

이시로가 손을 내밀었다. 쑤라는 이시로가 내민 손을 거절하지 않고 잡았다. 제 아버지와는 다른 이시로, 용기 없는 아이라고 생각했는데 아니었다. 이시로는 지금 최고의 용기를 보여 준 것이었다.

"고마워. 넌 참 용감해."

쑤라는 얼른 돌아섰다. 인력거 달리는 소리가 점점 멀어졌다. 쑤라는 재빨리 주방 뒤쪽으로 돌아 산속으로 들어갔다. 다코베 야로 가는 길이 따로 있었지만 그곳은 경비원들의 눈에 띌 위험 이 있었다. 전에 아저씨를 만나러 갔을 때의 기억을 더듬어 방향 을 잡았다. 본래의 길과 떨어진 지점에서 평행하게 걸었다. 길이 아닌 곳이라 풀 속에 숨겨진 허방에 발이 빠지기도 했다. 경사진 곳에서는 나무 밑동을 붙잡고 기어올라야 했다. 그러다 올라간 높이보다 더 많이 아래로 미끄러지기도 했다.

'으윽, 일어나 쑤라야! 넌 할 수 있어.'

쑤라는 거친 숲길에서 걸음을 재촉했다.

'아저씨와 현도를 살려야 해. 그리고 죄 없는 조선인들을.'

엎어지고 일어나기를 반복하며 드디어 산등성이에 올랐다. 한 눈에 다코베야가 눈에 들어왔다. 머리 위에 있던 태양이 오른쪽 으로 기울었다. 세 시가 가까워지고 있었다. 서둘러야 했다.

'아저씨를 만날 수 있을까?'

아저씨가 오전반인지 오후반인지 알 수가 없어 걱정이 되었다. 아저씨를 만나지 못하면 현도에게, 현도도 만나지 못하면 다른 사람에게라도 전해야 한다. 그러나 모르는 사람이 쑤라의 말을 믿어 줄까 걱정이 되었다. 가까이서 물소리가 들렸다. 쑤라는 빨 래터를 찾아 두리번거렸다. 빨래터는 전에 아저씨를 만나러 왔을 때 예분네 식구가 재회를 한 곳, 아니 쑤라가 아버지의 죽음을 전해 들은 곳이다. 그 장소를 어떻게 잊겠는가. 빨래터에 한 탄부가 빨래를 하고 있었다. 쑤라는 조심스럽게 다가가 풀숲에 숨었다. 돌맹이를 주워 남자 가까이로 던졌다. 남자가 돌아보았다. 현도였다! 몰라보게 여위긴 했지만 현도가 분명했다.

"김현도?"

그제야 현도가 쑤라를 알아보고 눈이 튀어나올 듯 놀랐다.

"쉿!"

현도가 주변을 둘러보더니 쑤라에게 다가왔다.

"어떻게 온 거야? 반장님 찾아왔어?"

쑤라는 숨을 크게 들이마신 뒤 현도에게 자초지종을 알렸다.

"뭐라고?"

놀란 현도는 입을 다물지 못했다.

"빨리 사람들에게 알려야 해. 임금을 나눠 준다고 폐광으로 모이라고 해도 절대 가지 말라고. 그리고 무기가 될 만한 것을 준비해. 저들은 총을 가지고 있어."

"안 그래도 조금 전에 연락이 왔었어. 세 시에 교대하지 말고 전원 폐광으로 모이라고. 네 말대로 밀린 임금을 계산해 준다고 했어. 그 말에 지금 다들 들떠 있어. 그런데 그게 음모였다니, 나쁜 놈들!"

현도가 치를 떨었다.

"어서 가서 전해. 그리고 아저씨와 함께 무사히 돌아와. 꼭!"

쑤라는 현도의 손을 잡고 진심으로 걱정하는 마음을 전했다.

"그래. 반장님 모시고 꼭 돌아갈게."

쑤라는 왔던 길을 되짚어 내려왔다. 합숙소 주방으로 들어가니 오광숙이 어리둥절한 표정으로 앉아 있었다.

"왜 그래요. 무슨 일 있어요?"

"일본이 전쟁에서 졌대. 일본 천황이 직접 항복했다는구나. 그게 참말일까?"

"어떻게 아셨어요?"

"남은 재료 보고하러 사무실에 갔다가 전화하는 소리를 엿들었어. 얼마나 놀랐던지. 아침에 노무계장 생일이라고 한턱 쏜 게 이유가 있었어. 미안해서 그런 거지. 그동안 악독하게 군 게 미안해서……."

"그게 아니에요."

쑤라는 오광숙에게 이시로에게 들은 이야기와 조금 전 다코베야에 다녀온 이야기를 했다. 오광숙 또한 놀라움을 금치 못했다.

쑤라는 오광숙과 함께 합숙소 뒤 산등성이로 갔다. 그곳에서 보면 다코베야가 있는 산자락이 보였다. 아직은 아무 소리도 들리지 않았다. 두 사람은 초조한 마음으로 건너편을 뚫어지게 바라보았다. 잠시 후, 요란한 총성이 울렸다.

탕, 타앙, 탕……

쑤라는 오광숙의 손을 꼭 잡았다. 손에서 땀이 났다. 총소리는 끊겼다 이어지고, 다시 끊겼다 이어지더니 이내 잠잠해졌다.

"어떻게 됐을까요?"

"글쎄, 어떻게 됐을까?"

두 사람은 피가 마르는 것 같았다. 그러나 총성 이후 어떤 기미도 비치질 않았다. 애가 탔다. 둘은 건너편 산등성이만 뚫어지게 바라보았다. 탄부들이 이겼으면 산을 내려올 것이고, 일본군이 이겼으면 아무도 산을 내려오지 않을 것이었다.

"보인다!"

오광숙이 먼저 발견하고 소리쳤다. 산자락 사잇길로 하나둘 사람들 모습이 보이기 시작했다. 군복 차림이 아니었다. 쑤라와 오광숙은 눈물을 글썽이며 두 손을 모았다.

"오! 하느님."

"성공했나 봐요."

쑤라는 산길 입구로 달려갔다. 사람들이 반쯤 혼이 나간 몰골로 비척비척 걸어 내려오고 있었다. 더러는 쇠고랑을 찼었는지 발목이 패어 있었고, 더러는 피투성이 모습으로 부축을 받으며 걸었고, 몇은 노무계원의 총을 메고 있었다. 쑤라는 사람들을 하나하나 살피며 수대 아저씨를 찾았다.

"아저씨! 아저씨!"

아저씨의 모습은 보이지 않았다. 혹시 잘못된 건 아닌가 가슴이 덜컥했다. 그때였다.

"쑤라야!"

저만큼 위쪽에서 아저씨 목소리가 들려왔다. 쑤라는 눈물이
핑 돌았다.

돌아오지 않는 배

광복을 맞자, 가라후토에 끌려왔던 조선인들은 귀국선을 타기 위해 오도마리(러시아 이름은 코르사코프) 항구로 몰려갔다. 수대 아저씨도 귀국선을 타기 위해 짐을 정리했다.

"쑤라야 함께 가자. 다행히 조선 사람들부터 배를 태워 준다는 구나. 사람들이 많이 모여들 거야. 서둘러 가야 해. 내일 아침에는 떠나야 한다."

오도마리 항구로 떠날 채비를 하며 아저씨가 또 말했다. 며칠 전부터 듣는 말이지만 쑤라는 아직 대답을 하지 못하고 있었다. 쑤라는 아저씨네 가족이 되어 함께 살고 싶었다. 하지만 한 번도 가 본 적 없는 조선이 쑤라에게는 다른 사람들처럼 애타게 가고 싶은 곳이 아니었다. 낯설고 두렵기는 조선이나 러시아나 마찬가지였다.

"이 지옥 같은 곳을 한시바삐 떠나자."

짐 싸는 걸 거들던 현도도 쑤라를 채근했다. 탈주를 감행하고 죽음 직전에서 살아난 현도로서는 당연한 말이었다. 고향으로 돌아갈 생각에 현도의 얼굴에는 전에 없던 생기가 돌았다.

"송충이는 솔잎을 먹어야지, 조선 사람이 조선에 안 가고 어딜 가려고?"

과묵한 박이 안타까웠는지 한마디 보탰다. 다코베야 사건 이후 박은 수대 아저씨와 친구가 되었다. 둘은 연배도 비슷하고 다코베야에서 1,200명의 조선인들을 지휘하여 죽음의 문턱에서 살아온 전우였다. 박은 처음 쑤라를 보았을 때, 거침없는 성격이며 용기가 아버지 김두삼을 꼭 닮았다며 반가워했다.

"아직 어떻게 해야 할지 모르겠어요."

"이 험한 곳에 너 혼자 남겨 두고 우리만 어떻게 가겠니. 같이 가자, 응?"

아주머니도 안타까운 마음에 쑤라를 달랬다.

"그래 쑤라야, 가 보면 너도 우리 고향이 맘에 들 거야. 내 동무들도 소개해 줄게."

예분이 간곡하게 말했지만 쑤라는 대답할 수 없었다.

귀국선을 탈 일행들은 고향을 향해 첫발을 내디딜 내일을 위해 일찍 자리에 들었다. 그러나 쑤라는 밤이 깊도록 잠을 이루지 못했다.

'아버지라면 어떻게 했을까?'

쑤라는 마트료시카를 만지작거리며 아버지를 생각했다. 만약 아버지가 살아 계셨다면 고향으로 돌아가려고 했을까. 아니, 그러지 않았을 것 같았다. 아버지는 스스로 조선을 떠나왔다. 가난 때문이었다고는 해도 그 후 조선에 갈 마음이 있었다면 얼마든지 갈 수 있었다. 그러나 아버지는 러시아에 귀화했다. 또 쑤라가 블라디보스토크 여자사범학교를 나와 러시아에서 선생님이 되기를 바랐다. 별일이 없었다면 그렇게 될 것이었다. 그런데 또 한편으로는, 아버지는 조선으로 가려고 했을 것 같았다. 조선 독립을 위해 전부를 걸었으니까. 도대체 아버지의 마음은 무얼까. 나는 누구일까. 조선인 부모에게 태어났으니 조선인일까, 아니면 러시아 땅에서 태어나 러시아 국적을 가졌으니 러시아인일까. 쑤라는 갑자기 자신의 정체성에 대해 의문이 일었다.

'나는 어디서 살아야 하나.'

뒤늦게 만난 가족 같은 사람들과 함께 조선으로 가야 할까. 태어나 뒹굴고 자라온 러시아에서 뿌리를 내려야 할까. 아무리 생각해도 답을 찾을 수가 없었다. 그러나 한 가지만은 확실했다. 언제 다시 만날 수 있을지, 기약 없는 이별을 할 사랑하는 사람들과 귀국선을 탈 오도마리까지는 함께 가고 싶었다. 그러다 혹여 마음이 변해 배를 탈 수도 있다. 쑤라는 마음이 원하는 소리를 들을 때까지 결론을 내리지 않고 일행을 따라나서기로 했다.

"이상하네. 마을에 일본인들이 하나도 안 보이네."

아침 일찍 마을 상황을 살피고 온 아저씨가 말했다.

"그제 새벽에 트럭 몇 대가 와서 일본인들을 죄다 싣고 가더래요. 그동안 한 짓이 있으니 겁이 나 도망간 게죠."

아주머니가 밖에서 들은 소문을 전했다.

"혹시 이 간사한 놈들이 조선 사람들 먼저 보내 준다고 안심시켜 놓고 저희들이 먼저 간 건 아닐까?"

속을 뻔했던 일이 생각나는지 박이 놀란 눈을 하고 말했다. 들려오는 소문이 하도 여러 갈래라 어느 쪽이 맞는지 알 수가 없었다. 아무튼 조선 사람들을 가라후토로 데려온 건 일본이니까 돌아갈 때도 당연히 데리고 갈 거라는 믿음이 모두에게 있었다.

"암튼 서둘러 가야 해. 오도마리에 귀국선이 와 있다고 하니까. 근데 오 반장이 늦네."

그때 요란스럽게 문이 열렸다.

"휴, 늦지 않았네. 그래도 미우나 고우나 내가 책임졌던 주방인데 정리는 해 놓고 오느라고."

함께 떠나기로 한 오광숙이 헐레벌떡 뛰어 들어왔다. 오광숙의 고향은 아저씨네 고향과 멀지 않은 곳이라고 했다.

"오도마리까지는 따라갈게요. 배웅해 드리고 싶어요."

쑤라의 말에 모두의 표정이 밝아졌다.

오도마리까지 가는 길은 멀었다. 차편을 구하기도 힘들었다. 대부분의 조선 노무자는 여비가 부족했다. 죽도록 일했지만 임금을 제대로 받지 못했기 때문이다. 저금해 준다는 명분을 내세워 겨우 용돈이나 할 만큼만 주었다. 하지만 저금해 두었다는 돈은 받은 적도 찾을 길도 없었다. 죽임을 당하려다 살아난 것을 다행으로 여겼다. 그나마 예분네는 세간을 정리해 고향 갈 여비를 마련할 수 있었다. 기차표를 사지 못한 사람들은 걸어서 오도마리까지 가야 했다.

"여기서 기다려 봐야 다 탈 수도 없을 것 같으니 차라리 걸어서 도요하라로 갑시다. 거기선 오도마리로 가는 차편이 더 있을 테니."

아저씨는 러시아, 중국 등지를 떠돌며 일한 경험이 있어 교통편을 많이 알고 있었다. 모두 아저씨 의견에 따르기로 했다.

짐을 이고 지고 먼 길을 걷는 것이 쉽지 않았다. 산허리를 넘고 들판을 지나고 강을 건넜다. 짐을 진 사람들의 걸음걸이는 터벅터벅 걷는 소와 다르지 않았다. 일하러 가는 소는 발걸음이 즐겁지 않겠지만, 고향으로 가는 사람들의 발걸음은 힘이 넘쳤다. 아침에 출발했는데 늦은 오후가 되어서야 도요하라역에 도착했다. 도요하라는 가라후토의 중심지여서 전 지역에서 모여든 사람들로 대합실은 이미 만원이었다. 벽이 터져 나가지 않는 게 신기할 정도였다.

"와, 가라후토에 이렇게 많은 조선 사람들이 있었네."

쑤라는 눈이 휘둥그레졌다.

"내가 잡혀 올 때 우리 면에서만 100여 명이 끌려왔어. 약속한 기한이 끝나도 보내 주지 않고, 계속 잡아 오기만 했으니 이렇게 많을 수밖에 없지."

현도도 바글대는 인파를 보며 놀라움을 감추지 못했다.

표를 구하러 갔던 아저씨가 코가 석 자나 빠져 돌아왔다.

"모레 차표까지 동이 났다네. 우선 오늘 밤은 여기서 자고…… 내일 방법을 찾아봅시다."

아저씨의 말에 일행은 풍선에서 바람 빠지듯 기운이 다 빠져 버렸다.

"엎어진 김에 쉬어 가는 거지, 뭐."

아주머니가 대합실 한쪽 구석에 자리를 잡았다. 모두 아주머니 곁으로 가서 서로 등을 붙이고 앉았다. 첩첩산중 갈 길은 보이지도 않는데 무심한 잠은 눈꺼풀을 내리눌렀다.

새벽에 아저씨가 일행을 깨웠다. 일찍 출발해서 천천히 걸어가자고 했다. 8월 하순의 날씨는 낮에는 더웠지만 새벽에는 제법 바람이 서늘했다. 준비한 미숫가루로 간단히 요기를 하고 일행은 다시 걷기 시작했다. 하루 반나절을 걸어야 하는 거리였다. 많은 사람이 오도마리를 향해 걸었다. 마치 줄지어 개미집으로 들어가는 개미처럼. 어떤 이들은 길에서 고향 사람을 만나 서로 부둥켜안고 펄쩍펄쩍 뛰기도 했다. 먼 이국땅에서 만난 고향 사람은 살

붙이처럼 반가울 것이다. 지나가는 사람들이 그들을 보며 환하게 웃었다. 앞으로 자신들도 맛볼 만남의 환희를 생각하면서.

어느 마을을 지나갈 때였다.

"여긴 아직 일본 사람들이 남아 있네."

누군가 이상하다는 듯 외쳤다.

일본 옷을 입은 농부 몇이 이쪽의 행렬을 쳐다보고 있었다. 그들은 아직 일본이 전쟁에 졌다는 걸 모르는 걸까. 논밭을 중심으로 집들이 모여 있는 전형적인 농촌 마을이었다. 입구에 '미즈호'라는 마을 이름이 쓰인 돌이 세워져 있었다.

한참을 걸어가니 상점과 일본식 집들이 보였다. 그쯤에서 바다 냄새가 났다. 오도마리가 멀지 않았다. 일행은 물을 얻기 위해 마을 안으로 들어갔다. 모두 빈집이었다. 어느 집 부엌으로 들어가 물을 찾아 마셨다. 부랴부랴 떠났는지 부뚜막에 걸린 솥 안에 감자 몇 알이 남아 있었다. 허기지던 참에 일행은 감자를 나눠 먹었다.

"되게 급했나 보네. 감자를 쪄 놓고 두고 간 걸 보면."

"그러게. 덕분에 시장기를 덜었네."

산모퉁이를 도는데 앞쪽에서 누가 소리쳤다.

"항구다!"

긴 행군에 지쳐 있던 사람들의 얼굴에 생기가 돌았다. 사람들은 항구를 보기 위해 달리기 시작했다. 쑤라 일행도 달렸다.

"와, 배다!"

바다를 배경으로 커다란 배가 떠 있었다. 귀국선일 터였다. 배 주변으로 사람들이 벌 떼처럼 모여 있었다. 작업복 차림의 노무자들과 가족을 이끈 사람들이 서로 배에 오르려고 아우성이었다. 아저씨와 박이 사정을 알아보러 배가 있는 쪽으로 갔다.

쑤라는 가슴이 두근거렸다. 사랑하는 사람들과 헤어져야 할 시간이 가까이 왔다. 쑤라는 여기까지 오는 동안 마음속으로 결정을 했다. 조선에 가지 않기로.

"쑤라야, 여기까지 왔으니 우리랑 함께 가는 거지?"

예분이 쑤라의 팔짱을 끼며 살갑게 물었다.

그때 배 위에서 지휘관인 듯한 일본군이 배를 타려고 아우성치는 사람들을 향해 소리쳤다.

"이 배는 일본으로 간다. 일본인만 태우고 가는 배다. 조선인들은 다음 배가 곧 올 테니 기다려라!"

그 소리에 여기저기서 볼멘소리가 터져 나왔다.

"언제는 우리부터 보내 준다면서?"

"우리가 탈 배는 언제 오는데?"

"빨리 고향으로 가게 해 주시오!"

저만치서 아저씨와 박이 화난 얼굴로 걸어오고 있었다. 왠지 불길한 느낌이 쑤라의 가슴을 훑고 지나갔다.

"어떻게 된 거예요? 왜 일본인들만 태우고 가요? 저 배가 마지막 배라는 말이 있던데요."

현도가 조바심을 치며 물었다.

"설마 마지막 배는 아닐 거야. 이렇게 많은 사람이 아직 못 탔는데……."

아저씨의 말에 박이 미심쩍은 표정으로 중얼거렸다.

"왠지 불안해."

뚜, 뱃고동 소리가 길게 울렸다. 순간 아우성치던 수많은 조선인이 동작을 멈추고 배를 바라보았다. 무거운 정적이 흘렀다. 또다시 뚜, 뚜 뱃고동 소리가 천지를 진동하더니 배가 서서히 움직이기 시작했다. 사람들은 넋 나간 모습으로 떠나는 배를 바라보았다. 마음은 배를 따라 물 위로 나아가는데, 몸은 땅이라는 오랏줄에 꽁꽁 묶인 채 사람들은 장승처럼 서 있을 뿐이었다. 정말 배가 올까, 불안한 생각에 가슴 졸이면서.

배는 오지 않았다.

하루, 이틀, 사흘…… 열흘이 지나도 배는 오지 않았다. 그러나 사람들은 항구를 떠나지 않았다. 수평선만 뚫어져라 바라보며 하염없이 배를 기다렸다. 낮에는 따뜻했지만 밤에는 바닷바람이 불어와 추웠다. 그래도 사람들은 항구를 떠날 수가 없었다.

'배가 고장 나서 수리하느라 늦는 걸 거야.' '오다가 풍랑을 만난 걸까.' '설마 안 오는 건 아니겠지.' 사람들은 저마다 목에 걸린 가시처럼 핑계를 하나씩 대며 발을 동동 굴렀다.

기다려도 기다려도 배가 오지 않자, 사람들은 점점 말수가 줄어들었다. 배신감과 분노에 치를 떨며 눈빛이 흔들리기 시작했다. 공연히 시비가 붙어 나뒹굴기도 하고, 어떤 이들은 감당하기 힘든 절망감에 바다를 쥐어뜯기라도 하려는 듯 바다로 뛰어들었다. 그렇게 바다로 뛰어든 사람들은 다시 돌아오지 않았다. 무심한 바다는 파도를 밀었다 당겼다 하며 저 홀로 놀고 있었다.

조용히 오도마리 항구를 떠나는 이들도 있었다. 어디로 갔을까? 고향에 갈 수 없는 사람들이 갈 곳은 다시 막장뿐이었다. 그렇게 떠나는 사람은 떠나고, 남은 사람들은 자꾸만 언덕으로 올라갔다. 그곳에서 보면 자신들을 태울 배를 더 먼저 발견할 수 있으니까. 쑤라 일행도 언덕에 자주 올라갔다. 다들 퀭한 눈으로 멀리 수평선만 바라보았다. 그러나 보이는 건 바다와 하늘뿐이었다. 그 사이를 수평선이 분명하게 갈라놓고 있었다. 하늘이 바다를 침범하지 못하도록, 바다가 하늘을 침범하지 못하도록 경계선을 분명하게 그어 놓았다. 아무도 그만두자고 먼저 말을 꺼내지 않았다. 말을 해 버리면 모두 모래성처럼 주르르 무너져 내릴 것만 같았다. 치 떨리는 배신감에 타오르던 분노도 기운이 남아 있을 때의 일이었다. 그예 어떤 이가 실성하여 배다, 배다 하며 팔짝팔짝 뛰며 마중이라도 하듯 바다로 뛰어들었다. 그 모습을 보고 사람들은 하나둘 엉덩이를 털고 일어나 언덕을 내려갔다.

"돌아가자!"

수대 아저씨가 무거운 마음으로 입을 뗐다. 누가 먼저 말해 주길 기다렸다는 듯 일행은 말없이 짐을 짊어지고 일어섰다. 돌아서는 발목엔 모래주머니 같은 울음덩이 하나씩을 매달고서.

집으로 돌아오고 며칠 뒤, 소련군 부대가 가와카미 탄광촌으로 들어왔다. 파란 눈에 키가 큰 소련군 병사들이 조선인들을 모아 놓고 말했다.

"우리 소비에트 연방 스탈린 대원수의 명령에 따라 이 섬의 모든 지명은 원래 이름을 되찾는다. 지금부터 이 섬은 가라후토가 아니고 사할린이다. 마찬가지로 이곳은 가와카미가 아니라 시네고르스크라 부른다. 너희 조선인들은 모두 원래 일하던 곳으로 복귀하라! 그리고 마을을 벗어날 땐 허가를 받아라. 허가증 없이 함부로 마을을 벗어나면 바로 사살할 것이다. 명심하도록!"

그러나 아무도 소련군 병사의 말을 알아듣지 못했다.

"뭐라는 거여?"

웅성거리던 사람들이 쑤라를 쳐다보았다. 쑤라가 천천히 신음하듯 통역을 했다.

"그러니까 저 소련군 말은, 조선인은 모두 원래 자리로 돌아가 하던 일을 그대로 하래요. 그리고 자기들 허락 없이 마을을 벗어나면 총살한대요."

"뭐라고? 아니, 그럼 저놈들도 일본 놈들이랑 똑같은 놈들이 잖아?"

탕, 소련군 병사가 공포탄을 쏘았다. 한순간에 사람들은 얼어붙었다. 침묵이 흘렀다. 다시 모두 쑤라를 쳐다보았다.

"땅은 그대로지만 주인이 바뀌었다고……."

쑤라의 통역에 사람들은 눈을 부라렸지만 입은 꾹 다문 채 말이 없었다. 소련군 병사들이 사람들을 향해 어서 일터로 돌아가 일을 하라고 고함을 쳐 댔다.

쑤라는 예분이 손을 잡고 집으로 걸어 갔다.

"쑤라야, 너 전에 불렀던 그 마트료시카 노래 다시 한번 불러 봐."

"싫어. 애도 아닌데 동요는 무슨."

"피, 어른도 아니면서 어른인 척할 거야?"

"뭐?"

쑤라와 예분은 웃음을 터뜨리고 말았다. 푸하하하……. 이상하게 웃음이 멈춰지지 않았다. 둘은 바닥에 쭈그리고 앉아 한참을 더 웃었다. 왜 웃고 있지? 그런데 웃는데 왜 눈물이 날까.

어디선가 아이들 노랫소리가 들려왔다. 고무줄놀이를 할 때 부르는 노래였다. 자주 들었던 리듬인데, 노랫말이 귀에 설었다. 집중해서 들으니 일본말로 부르고 있었다. 며칠이긴 하지만 소련 군인들의 말에 익숙해지다 보니 일본말이 생뚱맞게 들렸다. 광복이 되고 사람들 사이에서 일본말은 서서히 사라지고 있었다. 이제 편하게 조선말로 말해도 누가 잡아가지 않았다. 그런데 아직도 아이들의 놀이는 일본말이 그대로 살아 있었다.

"해방이 되었는데, 아직도 말은 해방이 안 되었네."

"그러게. 이러다 아이들이 조선말 다 잊어버리는 거 아냐?"

예분이 쑤라와 같은 생각이 들었는지 한마디 했다.

순간, 쑤라의 머릿속을 번개처럼 스쳐 가는 게 있었다.

'맞아. 바로 그거야. 아이들에게 우리글을 가르치는 거야.'

"예분아, 우리 학교 만들자."

"학교?"

"우리글을 가르치는 조선어학교 말이야."

"우리가 어떻게 학교를 만들어?"

"교실부터 만들면 되지. 아이들한테 무료로 우리글을 가르쳐 주자. 우리 둘이서 힘을 합치면 할 수 있어."

"그런데 어디다 교실을 만들어?"

"가게 옆에 창고 있잖아. 우선 거기다 만들자."

"와, 그럼 우리가 선생님이 되는 거야?"

예분이 믿기지 않는다는 듯 두 눈을 크게 떴다. 예분의 눈동자 속에서 쑤라가 웃고 있었다.

"현도도 끼워 주자. 고향에 못 가서 코가 석 자나 빠져 있는데."

"좋아."

쑤라와 예분은 두 손을 꼭 잡고 현도를 찾아 뛰었다. 가슴이 콩닥거렸다.

쑤라는 이제 분명히 알 것 같았다. '어디서 살까'가 중요한 게 아니라 '어떻게 살까'가 중요하다는 것을.

쑤라는 아주머니의 허락을 얻어 가게 옆 빈 창고를 청소했다. 거미줄을 걷고 곰팡이도 닦아 내고 말끔하게 정리했다. 가게에서 탁자도 얻어 책상으로 놓았다. 그리고 커다란 밀가루 포대를 반듯하게 잘라, 가갸거겨 글자를 써서 벽에 붙였다. 그런대로 교실 품새가 났다.

며칠 뒤, 예분이네 가게 옆에 새로운 간판이 하나 걸렸다. 현도가 손수 만들어 걸었다.

'조선어학교'

쑤라와 예분, 현도는 손에 손을 맞잡고 다짐했다. 고향으로 돌아갈 귀국선이 올 때까지 조선 아이들에게 우리글을 가르치자고. 쑤라는 주머니 안 마트료시카를 만지작거리며 속으로 외쳤다.

'아버지, 이제 내 안에 있는 나를 하나 꺼냈어요.'

작가의 말

《검정 치마 마트료시카》를 구상하게 된 건 두 사람 때문이었다. 태어난 시간과 장소는 다르지만 러시아 한인이라는 공통점을 가진 한 여자와 한 남자다. 러시아 혁명가이며 여성 독립운동가인 김알렉산드라와 사할린으로 강제 징용된 노동자 김윤덕이다. 김알렉산드라는 영혼으로, 김윤덕 옹은 실제로 만났다.

몇 해 전 여름, 한 문학 단체에서 사할린 한인 단체와 만남을 주선했다. 선착순 모집이라는 말에 나는 잽싸게 신청을 했다. 마치 오랫동안 목 빼고 기다려오던 소식을 접한 사람처럼 망설임 없이. 이상한 끌림이었다. 하지만 나는 그때까지 러시아나 사할린에 대해 잘 알지 못했다. 그저 일제 강점기에 강제 징용된 조선인들의 후손이 지금도 살고 있다는 지식 정도였다. 게다가 평소 내가 생각했던 러시아 사할린은, 짙푸른 대양의 광대한 수평선과 끝없이 펼쳐지는 하얀 자작나무 숲이 아름다운 곳이었다.

떠날 날짜가 정해지자 설레는 마음으로 사할린에 대해 알아보기 시작했다. 그런데 사할린에 대한 정보는 온통 어둡고 아픈 사연뿐이었다. 그러다 보석처럼 빛나는 한 여성을 알게 되었다. 김 알렉산드라. 우리나라에선 잘 알려지지 않아 생소한 이름이었다. 나는 그녀의 평전을 찾아 읽었다. 가슴이 뛰었다. 러시아에서 태어난 그녀는 조선인 부모를 둔 디아스포라였다. 16세의 그녀 앞에 놓인 세상은 참담했지만, 저 멀리 빛나는 등불을 보며 그녀는 뚜벅뚜벅 걸어 나갔다. 내가 보았던 쑤라처럼.

몸은 비록 타국에 있어도 자신의 정체성을 잃지 않고 살아가는 디아스포라들, 사할린에 사는 한인들도 예외는 아니었다. 그곳에서 나는 특별한 또 한 사람을 만났다.

사할린 최대 탄광촌이던 시네고르스크(가와카미)에서 김윤덕 옹을 만났다. 지금은 고인이 된 그는, 당시 아흔이 넘은 나이로 폐허가 된 탄광 부근에서 조촐하게 살고 있었다. 배고픔과 추위와 외로움으로 온통 채워졌던 그곳을, 그는 왜 평생 떠나지 않았을까. 고향으로 돌아가지 못할 바엔 차라리 처음으로 뿌리내린 탄광을 고향으로 삼아 버렸던 걸까. 그가 들려주는 생의 막장에서 캐낸 시커먼 역사를 듣는 내내 가슴이 미어졌다.

"아버지에게 징용 통지서가 날아왔는데, 아버지는 가족들도 보살펴야 하고 농사도 지어야 하니까 큰아들인 내가 대신 가겠다고 우겨서 왔지요. 당시 우리 면에서 42명이 함께 끌려왔어요."

씻어도 씻어도 지워지지 않는 손톱 밑 석탄물, 그는 까만 손톱으로 뭉툭하게 잘린 손가락을 자주 만지작거렸다. 그 모습을 바라보고 있는데 한순간 노구老軀는 간데없고, 까까머리 소년이 앉아 있었다. 나는 그 소년을 와락 보듬어 주고 싶었다.

"어서 오렴, 너의 아픈 이야기를 고국의 청소년들과 함께 들어줄게."

소년은 내 작품 속으로 들어와 현도가 되었다. 그렇게 러시아 사할린은 '역사'와 '풍경'이라는 두 얼굴로 내게 다가왔다.

러시아 동쪽 끝 사할린, 러일 전쟁에 승리한 일본은 사할린 북위 50도 이남을 통치하며 '가라후토'라 불렀다. 2차 세계대전에서 일본이 지고 그 이름은 지도에서 사라졌지만, 고국으로 돌아가지 못한 조선인들의 가슴에 가라후토는 화인火印처럼 찍혀 있다.

일제는 태평양 전쟁이라는 제국주의 야욕을 위해 수만 명의 조선인을 사할린으로 끌고 갔다. '자유 모집', '관 알선', '강제 징용'이라는 이름으로 끌고 가 탄광에서, 제지공장에서, 벌목장에서 노예처럼 부렸다. 1945년 전쟁에 패한 일본은 조선인들은 버려두고 자국민만 데리고 사할린을 떠났다. 끌고 갈 땐 황국 신민이라며 일본인 자격으로 데려와 놓고 이제는 일본인이 아니라는 논리였다. 버려진 조선인들은 귀국선을 타기 위해 코르사코프(오도마리) 언덕으로 몰려들었다. 그러나 끝내 귀국선은 오지 않았다. 그때 그들이 그리했을 것처럼 나도 코르사코프 언덕에 앉아 수평선을 바라보았다. 한참을 그러고 있으려니 수평선 저 너머에서 뱃머리가 보이는 듯했다. '아, 배가 온다!'

많은 사람이 귀국선의 환영幻影을 보며 바다로 뛰어들었다고 한다. 눈물이 났다. 그날따라 하늘은 왜 그렇게도 파랗던지……. 지금은 그 자리에 조각난 배의 형상으로 만든 망향탑이 서 있다. 마치 그들의 넋을 달래기라도 하듯.

일제가 떠난 자리는 소련이 차지했다. 땅은 그대로인데 지명과 통치자만 바뀌었을 뿐이었다. 일본인들이 두고 떠난 탄광을 이어가기 위해 소련은 조선인들의 인력이 필요했다. 소련 정부는 소련 국적을 취득하라고 회유했지만 대부분의 조선인은 소련 국적을 취득하지 않았다. 정부의 보호를 받고 자식들을 교육시키기 위해서는 소련 국적이 필요했지만 조선인들은 오랫동안 무국적자로 버텼다. 다른 국적을 가지면 고국으로 돌아갈 수 없다는 생각 때문이었다.

끝끝내 귀국선은 오지 않았지만 조선인들은 포기하지 않았다. 그들은 자라나는 아이들이 우리글을 잊지 않도록 조선어학교를 세워 아이들을 가르쳤다. 또한 고향 음식을 잊어버리지 않으려고 음식을 만들어 나눠 먹으며 긴 세월을 버텨 냈다.

혁명가이며 여성 독립운동가인 김알렉산드라와 막장을 뚫고 피어난 억새풀 같은 김윤덕 옹의 이야기를 들으며 '마트료시카'를 떠올렸다. 러시아 전통 인형인 마트료시카는 뚜껑을 열면 똑같은 모양의 인형이 여러 개 들어 있다. 마치 여러 명의 자신을 품고 있는 듯이.

　수많은 선택의 순간에 놓이는 우리 청소년들도 쑤라처럼 자신을 믿고 용기를 내 주기 바란다. 실수해도 괜찮다. 넘어져도 괜찮다. 내 안에는 또 다른 내가 건재하니까. 다시 일어서면 되니까.

　《검정 치마 마트료시카》는 나의 세 번째 청소년 역사소설이다. 이 책이 나오기까지 애정을 품고 애써 주신 출판사 식구들께 감사드린다.

2020년 6월

김미승

오늘의
청소년
문학
___ 27

검정 치마 마트료시카

초판 1쇄 2020년 6월 23일
초판 2쇄 2022년 12월 28일

지은이 김미승

펴낸이 김한청
기획편집 원경은 김지연 차언조 양희우 유자영 김병수 장주희
마케팅 최지애 현승원
디자인 이성아 박다애
운영 최원준 설채린

펴낸곳 도서출판 다른
출판등록 2004년 9월 2일 제2013-000194호
주소 서울시 마포구 양화로 64 서교제일빌딩 902호
전화 02-3143-6478 **팩스** 02-3143-6479 **이메일** khc15968@hanmail.net
블로그 blog.naver.com/darun_pub **인스타그램** @darunpublishers

ISBN 979-11-5633-293-0 (44810)
          978-89-92711-57-9 (세트)